小説 熱海殺人事件

JN259847

つか こうへい

角川文庫
21293

目次

一　仕掛ける

警視庁の控え室で、留吉《とめきち》はなまぬるい麦茶を飲み干し、焦《じ》れながら待っていた。

黒縁の眼鏡《めがね》をかけた婦人警官が入って来た。やぼったい制服と化粧っ気のないその素顔は、なんの変哲もない、研修所でよく見かける婦人警官のそれだった。安田《やすだ》ハナ子と名乗り、応答もきわめて素っ気ないものだった。

「お疲れでしょう？」

「いえ」

「じゃ、まいりましょうか」

彼女はそれ以上話しかける様子もなく、姿勢のよい歩き方で先導して行く。いかつい顔つきの刑事たちがせわしなく行き来する廊下を、右へ左へ苦もなく通り抜けた。同じような部屋をいくつもいくつも通り過ぎ、似たような喧騒《けんそう》を何度も追い越して行った。

途中、安田ハナ子は知り合いの刑事たちと気軽に挨拶《あいさつ》を交わしていたが、決して留吉を紹介しようとはしなかった。時おり、石けりでもするみたいに足をパタパタさせては、一人で喜んでいた。

二階へ通じる階段を昇りきったとき、彼女は思い出したように振り向き、

「あ、これ新しく入った情報ですわ」

と、留吉に書類を手渡した。

「あの突き当たりの部屋ですの」

そこで安田ハナ子は、はじめて留吉に対し口元をほころばせた。

「どういう方なんですか?」

「あたし、面食いなのよ」

「いや、あの、木村部長のことです」

「フン、息が臭いだけでね、取り柄なんかありゃしないわよ」

何人もの新任刑事が留吉のように、ちょうどこんなふうに彼女に案内され、そしてそのだれもが木村伝兵衛《きむらでんべえ》部長刑事のおメガネにかなうことなく、無能刑事の烙印《らくいん》を押され、葬り去られていったと聞いている。それでも木村伝兵衛の部下になることを願い出る若い刑事は、あとを断たないらしい。このおれだってそうなのだ。

「さあ、ここよ」

彼女は声を細めた。ノックもせず少しドアを開けると、留吉に聞き耳をたてるように目で合図した。

そこには、ところどころにシミのついた白い麻の背広を着た小男が、写真を片手に受話器を握りしめ、拝《おが》み込むようにひたすら恐縮していた。

彼はまるで猿《さる》だ。

「……いや、実はですね、今お客さんが来るんですよ。あとにしてくれませんか……はあ……そうですか。……いえ、別にそんなつもりじゃ。電話が遠いですか？　大きい声出してんですけどね。……そんな、誤解ですよ。別に因縁をつけたわけではありませんです。……はあ、……はい。……ええ、現場写真のことなんですが、フィルムはコダック使ったんでしょ？……えっトヨタ！　トヨタって車の会社じゃ。はあ、冗談ですか、いやあ、人が悪いなあ。砂地だから三脚立てないといい写真撮れないと思ったもんで。こりゃレンズのブレが激しすぎるんじゃないかなって思ったもんで……。この写真ずいぶんボケてるでしょ。私が新聞記者たちからイヤミ言われちゃうんですよね。写真がよくないと、記事に取り上げてくれないこともあるんですよ。ハア、ハア、……いや、そんなつもりで言ったんじゃないんですよ。……いっそボカすんでしたらね、何かもうちょっと細工してくれたらよかったんじゃないかと思ってね。……ハッ、この写真、ハナたらして口を開けて、股《また》開いちゃってるでしょ。みっともないですよ。……被害者だって親兄弟がいるんだろうし……こんな写真だと……。いや、だからですねえ、被害者に妹さんなんかいて、こんなあられもない格好で、姉さんが殺されたとなると、縁談が壊れちゃったりすると思いませんか?……ええ、そりゃたとえばですよ。それに、こんな写真と面《つら》つき合わせて、取り調べしなきゃならない私たちの身にもなってくださいよ。そりゃ、ブスだって殺されますよ。そこをなんとかとりつくろって、私たちが気持ちよく捜査にとりくめるよう、融通きかしてくれるのもあなたたち鑑識の仕事でしょ。もっとスマートにいきましょうや……だったら、目元をもうちょっとパッチリさせてね、口元ももう少しすぼめるとかね、修整やってくれるといいんですが……。ですからそう怒らないでくださいよ。……ええ、大きな声出してますよ。ちょっとお客さんが来るもんで……。もしもし、もしもし、ええ、とにかくね、夕刊の締め切りまでまだ少し時間がありますからお手数でしょうけど細工してみてくれませんか? お願いしますよ。ね、機嫌《きげん》直して。……警視庁の鑑識っていったら全国に名が響いているでしょ。それが、こんな写真もって来られると……。

ですからね、ハッ、ハッ、恐縮です。最悪の場合はですね、似たような女を探してね、どっかスタジオ借りて撮り直してくださいよ。あんな女、日本全国にころがっているじゃありませんか。……固いこと言わないでくださいよ、戦前じゃないんだから……。民主警察って言われてるんですよ。ハッ、なにぶんよろしくお願いしますよ。ハッ、恐縮です」

そのとき、木村伝兵衛は背後に人の気配を感じた。瞬間、彼は受話器の通話口を手でおさえて胸を張って言った。

「バカヤロウ!!　だから言ってるだろうがオメエ!!　ブスのファッションモデル使って、スタジオでも借りて撮り直しゃいいだろって!!　おれだよ、おれ。なんだと、おれじゃわからねえ？　どうなってんだこの電話は。木村だよ、テメエもぐりか!!　くわえ煙草《たばこ》の伝兵衛だよ!!　地方へ飛ばされたくなかったらガタガタ言うんじゃねえよ。警視総監だろうとなんだろうと、見さかいなく左遷したり右遷したりしちゃうんだぞ!!　ゴタク並べねえで言うとおりしろ!!」

急にドアに背を向けてかがみこみ、通話口に口を近づけ声を落とした。

「……今、混線してませんでした？　いえ、私はそんなこと言いませんよ。とにかく、今とりこんでますんで、あとでまた電話しますから。じゃよろしく」

ガチャリと受話器をたたきつけ、聞こえよがしに舌打ちをした。

「どうしようもねえなあ、最近の若いやつは。ろくすっぽ腕もねえのに凝《こ》りやがって、フン。おおい、ハナちゃんお茶くれ、お茶。……どこ行ったんだハナ子は？　ああん」

ハナ子はやりきれなさそうに顔をしかめて、留吉をつついた。

「だれだ、警視庁でノックをして部屋に入ろうとするやつは……。警視庁じゃ、悠《ゆう》長《ちょう》にノックなどできる事件なんか起こりゃせんぞ。どこの田舎《いなか》もんだ」

「どうも、失礼いたします」

小男は意地の悪そうな落ちくぼんだ目をカッと見開き、下唇《したくちびる》を突き出し留吉をにらみつけた。そして、留吉から目を離すことなく椅子《いす》にすわり、ふんぞりかえった。

「あ、あの……」

留吉のとまどいをよそに、小男は無表情に留吉の頭のてっぺんから足の先までねめまわし、腕組みをし、いわくありげにうなずいていた。留吉もしかたなくくるっと回りポーズをとった。小男はハナ子と顔を見合わせては、しきりにうなずいている。留吉はこんどは、ボディービルのポーズをとり、きばってみせた。

「きみっ、やるねえ」

「いや、お粗末でした」

「ここは警視庁なんだからね、気持ちはわかるが、あまり突飛《とっぴ》なことをしないでくれよ」

「はあ？」

「いまの電話聞いてたかね？　気に入らないことがあると、見さかいなく怒鳴りつけちゃうんだよ。おれって、ふだんはやさしいんだがね。でもね、一回機嫌損《そこ》ねると、もうたいへんなんだ。今、鑑識に電話してたんだけどね、あいつはもうダメだね。明日からもう警視庁にこられないよ、おれを怒らしちゃったから」

「気性の激しい方なんですね」

「そ、激しいんだよ、気性が。おれはやさしいんだけど、気性のほうでつい激しくなっちゃうんだ」

「はあ、そうですか」

「なに、きみ？」

「…………」

「ポーズをとったりして、国体の会場はここじゃないんだよ」

「ハッ、あの、本日付で警視庁捜査一課に転任の辞令を受けました熊田《くまだ》と申します」

「おお、これは失敬。いやだなあ、初めから言ってくんなきゃ。そうと知ってたら……。まあ今の電話あまり気にしないでくれよな。まずいこと聞かせちゃったなあ」

「…………」

「きみか、えーっと、熊田……」

「留吉と申します」

「おお、いい名前だね、実にいい。味わいのある名前だね、留吉か。留吉つぁあんね。留吉つぁあん。肥桶《こえたご》かついで留吉つぁあん、田んぼのあぜ道留吉つぁあんね」

「…………」

「ちがった？……だって肥だめの留《タメ》とキチガイの吉《キチ》でしょ」

「はあ、まあ……大吉の吉のほうですが」

「嘘《うそ》だあ、おれ信じないからね。絶対キチガイの吉、色キチガイの吉だもんね」

と、だだっ子のように、足を踏み鳴らした。

「……あの」

「六十歳だよ、いい年してだよ……悪いかい」

「いや、別に私は……」

「何言ってんだ。いい年こいて、よくやってるって顔してたじゃないか。おれだって好きでやってんじゃねえ。好きで年こいてるわけじゃないんだ。こきたくなくても、年のほうでこいちゃうんだからしかたねえだろ。バカにすんなよな」

一人でうれしがり、一人で拗《す》ねている。三河万歳よろしく、烏帽子《えぼし》、かみしもを着せて、鼓《つづみ》でも打たせれば似合うだろうこのひょうきんな男が、七言絶句調で報告書を書き、カミソリとまで異名をとらしめた、くわえ煙草伝兵衛部長刑事とは、留吉には信じることができなかった。

「まあいい、熊田君だね、富山県警きっての切れ者だと聞いておるよ。メシは食ったかね」

「…………」

「にくったらしいね。お世辞言ってやってんだから、すなおに喜べばいいじゃないか」

「ハア……」

「何食った？」

「汽車の中で駅弁を……」

「駅弁は何食った？」

「はあ？　直江津《なおえつ》の幕の内ですが」

「幕の内!! まずいなあ、こりゃまずい。あのね、きみ、幕の内を食って警視庁の便所を使わないでね、臭くってしようないんだよ。二、三日は使わないでくれ、まずいなあ」

「どういうことですか?」

「まあ、おいおいわかってもらえるよ。今ちょうどソバが来たところでね、先にいただかせてもらうよ。おれはソバに目がないんでね。いやいや、覚えておいてもらうほどのことはないよ。……なあにね、銀座のソバ屋がぜひ木村さんにって。あっ、おれ、名刺、名刺と。バカだね、名刺なんか初めっから、持っちゃいないのにね。おれ木村って言うんだ。どこにでもある名前だよ。きみ聞いたこともないでしょ、『警視庁に木村あり』って」

「……いえ、お噂《うわさ》はかねがね」

「へえ、ほんと。どんな、悪い噂? 聞かせて、聞かせてえ」

「いえ、りっぱな方だと、かねてからご尊敬申し上げておりました」

「なんだよ、また尊敬かよ、よしてくれよ。来る日も来る日も尊敬と信頼のサンドイッチで、息が詰まりそうだぜ。尊敬するやつはいいよ、尊敬されるほうの身にもなってみろってんだ。ねっ、きみたち、時たま思い出したようにおれを尊敬すりゃいいんでしょ。でも、されるほうじゃ四六時中だもんね。まあ、そう恐縮することたあない。きみの責任じゃないんだから。おれのいたらなさから、尊敬なんかされちゃうんだよな」

「はあ」

「いやなあにね、ときどき、いいソバ粉が入ったって届けてくれるんだが、もりソバなんて銀座だ赤坂だって、騒ぎたてるほどのもんじゃないよ、きみィ」

彼は割りバシをパチンと割り、おもむろに薬味とワサビをつゆに入れ、いったんワキを固めてソバを見つめていたかと思うと、ものすごい勢いで食べ始めた。食べるというより格闘しているといったほうがいいだろう。ズルズルいわせては口いっぱいにほおばり、クックッといってはつゆをガブリと飲み、それでも口に余ったのを吐き出しては、しげしげとそれをながめ、煙草を一服してはキョロキョロあたりを見まわし、また思い出したように食べている。よくもまあ、たかだかソバを食べるのにこれほど充実できるものだ。あきれるくらい一心不乱に、ソバと取り組んでいた。最後のソバのきれっぱしまでもしぶとくつまんで平らげると、まだ物足りなそうにザルをにらみつけながらつゆを一飲みにしていた。そうして空になった椀《わん》にお茶をついで、ガラガラとうがいをしたり、クチュクチュと口の中を洗ったり、シーシーと歯の間にはさまったやつまできれいにしていた。

チラと留吉を見た。留吉は殺気を感じて後ろに跳んだ。案の定伝兵衛は、歯のすき間から水鉄砲のように留吉をねらって、水を吹き出した。

それでようやく気が済んだのか、割りバシをポキッと二つに折ってお椀にほうり込み、のけぞり、ズボンのバンドをゆるめたかと思うと、でっかいイビキをかきはじめた。ハナ子を見ると、彼女は知らん顔してゾウキンで机の上をふいている。留吉がホッとして煙草をとりだそうとした瞬間、伝兵衛はガバと起きあがった。首をコキコキいわせ、あくびをかみころして、

「ああ、よく寝た。……腹へったなあ、そろそろお昼じゃねえか。何を食うかなあ」

「………」

「なんだきみ？　まだいたのか。あのね、おじちゃんも、おねえちゃんも、これからお仕事があるんだから、お帰んなさい」

留吉は、どう対処したらいいものか、困りはてていた。

「しゃあねえなあ、ちょっくら遊んでやっか。ハナちゃん、新しく入った情報は？」

「はい、これです」

「さあ、こんどはイキのいい情報が入ったんだろうね、シャキッとしたやつが。楽し

みだなあ」

「熊田さんにも先ほどお渡ししておきました」

と、申しわけなさそうに、ハナ子は伝兵衛を見た。

「なんだいハナちゃん、どこが新しくって、どこが情報なんだ。いったい全体どこが事件なんだい。まったくこれじゃ、これからわざわざ取り調べすることもないじゃないか」

「ですからあたしも、突っ返したんですが……申しわけありません」

「困るんだよなあ、警察が捜査するから事件って言うんだよ。捜査する必要のない殺人なんか、事件って言わないんだよ。まったく、最近の犯罪のモラルっていうのは、どこへ行ったんだ。熊田先生が、わざわざ富山からおっとり刀でかけつけていらしたんだよ。それが、一山いくらの殺しじゃ……。ねえ、熊田先生、そしてこれが現場写真なんです。実際見られたもんじゃないですな。お先、まっ暗って感じですな」

写真の女は目をカッと見開き、うつろに宙を見すえていたが、これを死人の顔というのだろうか？　俗に目が飛び出るというが、もともと白眼がちの目が半分以上露出し、その白眼もどんよりと濁《にご》り、バセドウ氏病にかかったようなギョロ目をして、それはおぞましい写真であった。あんぐりとあけた口はアンコウのそれを思わせてもいた。断末魔の苦しみからか、両手は宙をさまよってもがき、生へのナマナマしい執念をまざまざと見せつけている。この上半身の力強さに比べ、その下半身はというと、あろうことかミニスカートが、あとで手を加えられたかのように不自然にまくれあがり、太ももに食いこんだフリルのついた唐草《からくさ》模様のパンティが丸見えになっている。ゆるんだ両脚はもともとO脚だったのが、これでもかこれでもかと誇示しているように開きっぱなしだ。よく見ると股《また》の間には岩が突出していて、両脚でくだかんばかりに締めつけている。まあよくもこれだけの殺され方をしたものだ。殺したやつも気が滅入り、さぞ恐ろしかったことだろう。現実ばなれした殺され方にあきれて、留吉もクスッと笑みをもらしてしまった。

「熊田先生、不謹慎でがすよ」

伝兵衛は口をすぼめて、留吉をたしなめた。

「はあ、しかし実にみごとな殺され方ですなあ」

留吉は笑いをこらえながら、頭をかいた。

「感心してる場合じゃないよ、熊田先生。ですがね、被害者がこの程度のブス女でも、犯人は意外と掘り出し物のことがあるんですよ」

「そういうもんですか」

「……そういうもんざんす。これだけの殺し方をしたやつでがしょう、相当自信があってのことなんざんすよ。熊田先生は、まだお若くってご存じないかもしれませんが、東京の事件は、たかが殺しったって、山の手から下町まで網羅《もうら》してありますから、奥が深いんざんすよ。富山とはちょっと違うざんすよ」

「いやあ、楽しみです。あの……」

「東京見物なんかは、そのうち、いやというほどやってもらいましょう」

「いえ、私の机は……」

おとなしく、二人のやりとりを聞いていたハナ子が、急に態度を変えて会話に入りこんできた。

「新聞ば広げて、あんよをのせて、爪《つめ》切るつもりなんかね？」

「上出来だねハナちゃん。なかなかよろしい」

「ハア、これまでずいぶん苦労しましたわ。だいぶうまくなったでしょう」

留吉はつかの間、あっけにとられて目をパチクリさせていた。ハナ子は悪戯《いたずら》をみつけられた子供のように、赤くなっていた。

「おっと失礼。机だったね、机、机と……。あれえ？　きみ、なに考えてんだ!!　あそこが空いてるじゃないか。おれがこの中央の大きな机で、ハナちゃんがあそこに座ってんだし、おれの横の椅子は容疑者が座って、きみの席といったら窓ぎわのあそこしか空いてないじゃないか!!」

「どうも気がつきませんで」

「気がつきませんじゃないよきみ、鼻ったれ小僧じゃないんだから」

留吉は大きなトランクを窓ぎわの机の横に置いて、外を見た。日ざしがまぶしい。皇居が見える。ながめはいい。ハナ子と伝兵衛が、何かヒソヒソ話をしてはクスクス笑っている。留吉は視線を背中に感じとってはいたが、構わず、鷹揚《おうよう》に背伸びをした。

「ほう、ほう、いい景色ですね。おっとそうだ」

すぐ取り出せるように、トランクのいちばん上に置いておいたのだが、ゴソゴソ探しまわるふりをして紙包みを取り出し、留吉はバツの悪そうに振り返って、

「あの、これ……」

「なんのつもりだね?」

伝兵衛はひねた目つきをした。留吉はさすがにムッとした。つもりもなにもない、ただのみやげだ、と喉《のど》まで出かかったのをかろうじて押さえていた。

「いえ、煙草がお好きだと聞きましたので」

「開けてもいいかい？」

罪のない声だ。留吉の怒りに反して、目をクルクルさせている。

伝兵衛は幼稚園児が遠足のときの弁当をあけるがごとく、浮き浮きしているようにみえた。爪の伸びた指でていねいにセロテープをはがしている。きちょうめんな性格らしく、包装紙をちゃんとたたみ、そして中の煙草がセブンスターであることを見て、露骨に気落ちした態度を示した。

「セブンスターか……。まあ、ありがとよ」

「ハイライトのほうがお似合いですかな、じいさん。フフ。そろそろ始めてもらわないことにゃ、日が暮れちまいますぜ」

先に仕掛けたのは留吉だ。

二　捜査室

くわえ煙草伝兵衛は、一瞬顔をひきつらせた。だが、留吉は動じない。

「お気に召さなかったらしいね、歓迎の仕方が」

腕まくりし、腰に手をあて、一刻も早く取り調べの始まりを待ちあぐねている、この若者の意気込みように、捜査室に響き渡る豪快な笑いをして、伝兵衛は自らの非をわびた。

「さ、行こうか。……しかしどうも解《げ》せないが、妙だとは思わんかね？」

と、言いつつ立ち上がり、伝兵衛は指を鳴らした。ハナ子がさっと立ち上がった。窓にブラインドが降り、蛍光灯が消え、裸電球がついた。一瞬の間にうす暗いみごとな捜査室に変貌《へんぼう》した。

伝兵衛はゆっくりと部屋の中央に歩み出ると、大きく息を吸いこみ仁王《におう》立《だ》ちになった。

「ねえ、なにかの間違いだとは思わないかね、午後の四時半だなんて？」

「熱海警察病院の院長の解剖の『印』がついてありますし……」

留吉はすでに調書の写しを胸のポケットから取り出し、先ほど渡された報告書と見比べている。

「は？」

「正気かね、きみ？」

「えらく従順なんだね。きみらしくないじゃないか」

と、伝兵衛はハナ子に首をすくめてみせた。

「こんなズサンな警察病院をほったらかしとるから、事件が迷宮入りなんてみっともないことになっちゃうんだ。まったく刑事泣かせだよ。しかし、きみは聞きしに勝る優等生なんだね。『印』がついてありますとは、お笑い草だ。骨のあるやつだとは聞いていたが、富山県警がなるほど出し渋ったわけだ」

「どういうことでしょうか？　なんなら私があとで熱海署に電話をして、確認をとってもよろしいのですが」

「そんなもんとって、お灯明でもあげるつもりかい？」

「なんですって!!」

が、留吉の怒りにもお構いなしに、伝兵衛は天井を見つめながら歩きまわっていた。

「しかし気に入らねえ死亡推定時刻だね。昼下がりでもないだろ、四時半てのは？　けだるい午後ということにすりゃあ、多少目をつぶっても構やしねえが。ハナちゃん、昼下がりの情事ってのは何時ごろだ？　しかし熱海で工員と女工が昼下がりの情事でもあるまい。日の入りまでのズレはどのくらいあるんだ？」

「日の入りはだいたい六時四十分くらいで、その差二時間余りあります」

「……となると、犯行後の足どりに色つけなきゃならんな。しかしなあ、『犯行後の足どり』なんてよほどの殺しをやったやつだって、そうあるもんじゃないしなあ。こりゃ、下手にさわらねえほうがいいか。ヤロウ『犯行後の足どり』なんて言ったら腰抜かすぜ。犯行後の三時間半をなんとかつじつま合わせてやんなきゃいかんな。でもこりゃ、かなり手抜きをしてる殺しだぜ。午後の四時半なんてまったくお手上げだよ。いくら工員だからって、そんな時間によく人が殺せたもんだ。ハナちゃん書いといてくれたまえ。犯行後の足どり、ナシ」

「ナシって、ムチャクチャ言わないでください。逮捕されたのは夜の八時ごろですのよ」

「それがどうした！」

「いや、どうもしませんわ。すぐその場で逮捕されたわけでもないんですよ。四時半から八時まで三時間半のブランクが……」

「おおかた、油でも売ってたんだろ。ね、油を売ってた、これでいいじゃないか。『犯行後、犯人は油を売ってた』これでいこ。きみ、あんまりこんがらがらさないでちょうだいね……今はうまくいったけど、いつも今みたいに、ひょうたんから駒《こま》ってわけにはいかないんだから」

伝兵衛は、靴《くつ》をひきずるという風体《ふうてい》で部屋を歩きまわり、床にタンを吐きちらかす。タンのきれっぱしがチョッキに付き、きたなそうにハンカチでぬぐい、構わずそのハンカチで汗をふいた。

……勝てねえな……。留吉は気持ち悪くなり、唾《つば》を飲み込んだ。

「きみ、……名前なんて言ったっけ？」

「…………」

「名前だよ。きみの名前!!」

「熊田ですが？」

「そうそう、熊田君だったな。下のほうは？」

「留吉です」

「留田熊吉君、はいこれね」

「熊田留吉です!」

「そんなにムキになることないじゃないか。三日も四日も覚えとかなきゃならん名前じゃないんだから。ゆきずりの人をいちいち覚えようとしなきゃならんおれの身にもなってくれたまえ。……いくつだ、年は?」

「二十五になります」

「嘘《うそ》つけ」

「どうして私が嘘をつかなきゃならないんですか!!」

「若づくりしちゃってもう、白状しなさい三十過ぎでしょ。いくつサバよんでんだ」

「………」

「頑固《がんこ》だねえ、きみも。まあいい、おれは来年で定年なんだがね、どうも若いもんの心境は計りかねるところがある。……ホシは? きみだ、きみに聞いとるんだ。きみ、名前なんて言ったっけ?」

「………」

「おいそこの青いの、ホシの年はと聞いてんだ。……オイ、アオいの、アオ、アカ、キイロ。熊田!! てめえの名前はなんだと聞いたんだよ」

「熊田です」

「脅かすんじゃねえよ。たいした名前でもねえじゃねえか。何もったいぶってんだ、バカッタレが」

留吉はがまんしきれず、報告書を伝兵衛の目の前にたたきつけ部屋から出て行こうとした。

「突き当たりを左に曲がって、まっすぐ行ったところが便所だ」

とぼけているが、伝兵衛の語気はきつい。

「いや、待て、正門を出たところに公衆便所がある。そこを使ってくれい」

「…………」

「いいのか、クソしなくても……ミソじゃないよ、クソだよ!! クソ!!」

「けっこうです」

「いいんだぜ、ついでにトランクを持っていっても」

「……申しわけございませんでした」

「それにしちゃ、いい度胸してるじゃねえか。若気の至りで、補いがつくような年でもあるめえ。のぼせるなよ、若僧。まあいい、フフフ。……ホシの年はと今おれが、このおれが聞いたんだ、ホレ」

伝兵衛は笑みさえ浮かべ、何事もなかったかのように報告書を留吉につきつけた。

「十九と書いてあります」

「書いてあるじゃない、十九なんだ!!」

と、伝兵衛は机をたたき顔をゆがめ、肩で息を整えながらくやしそうにつぶやいた。

「きらいなんだよおれ、そんな『書いてあります』なんて言い方。ま、趣味の問題なんだろうけどもね。合わせてくれ、今まで、つぎつぎに辞《や》めていったやつにもみんなそうしてもらってたよ」

なぜか、伝兵衛のこの怒り方にだけは、留吉を納得させるに足るだけの素朴《そぼく》さがあった。

「静岡県警も変な事件を押しつけてくれたもんだよ。娘にスカート一枚買ってやるのに、半日はデパートの中を歩きまわらにゃならんこのおれは、もう六十だぜ。十九やそこいらの若僧の気まぐれを割りだせなんて、どだい無理な話だよ」

「生意気なようですが……」

「生意気だよ、貴様は!!」

伝兵衛は留吉の言葉をさえぎって、悲しそうな目をした。

「すまん、すまん。で、なんだ、生意気なようですが?」

「……いや私も、二十歳前の人の考え方にはほとほとついてゆけないことがある、と申し上げようとしたのです」

「フン、無理せんでもよろしい」

「いや、別に無理しているわけではありません」

「いやあ、無理してるよ」

「いえ、無理などしていません！」

「無理してるじゃないか!!」

「無理していません!!」

「一本気な男なんだね、きみっちゅう男は……。ちょっとからかってみただけだよ」

伝兵衛は、ガラリと調子を変えて、留吉に肩すかしをくらわした。留吉はいいようにもてあそばれたことにやっと気づいたが、あとの祭りだった。

「容疑者は十九か、おっ、マリ子と同《おな》い年だ。熊田君、覚えておいてくれたまえ、娘の名前だ。きみが来るのを楽しみにしてたんだよ」

「そうですか」

「まあまあ、機嫌直してくれや。いやね、きみが三国《みくに》鉱山の汚職をあげたことがあったろ？　『期待される刑事像』って東京の新聞にもきみの写真が出てね。今朝ね、出がけに新しい部下になるんだと言ったら、『行ってらっしゃーい』って愛想のいいこと。一度うちに遊びに来なさい。女房に早く死なれて一人で育った子なんだが、お茶お華《はな》と、おけいこごとをすすめるしか能のないやもめによくかしずいてくれるよ。まあ親のおれから言うのもなんだが、ポチャポチャっとしてね、いい腰つきしとるよ、ウヒヒヒ」

「熊田刑事、部長はお嬢さんのお話をしてさしあげると機嫌がよくなりますわよ」

「いらんことハナちゃん言わんでよろしい」

「はあい」

「ありゃいい女だよ。尽《つ》くすタイプだね、とことん尽くすよ」

彼もまた言葉とはうらはらに、適齢期の娘をもった親としての率直なてらいをみせていた。留吉は素知らぬふりをしていた。

「どうかね、きみ？」

「はっ、何がです？」

伝兵衛はこっちのほうだよと小指を立てた。留吉もそれ相当の照れ笑いを返した。

「ずいぶん女を泣かせてきたんだろうね。ねえハナちゃん、そう思うでしょ」

「熊田さん端正な顔立ちしていらっしゃるから」

「ほらね、ハナちゃんが言うから間違いないよ。きみって端正に顔が立ってんだよ、いい顔してるよ」

屈託のない表情でハナ子は、しげしげと留吉を見ていた。伝兵衛はデパート売り場にあるものをとりあげるかのように、留吉のネクタイをひっぱった。

「いい柄だね。きみってセンスあんだね。ねえハナちゃん、熊田君センスあるよね」

「ええ、着こなしがとてもお上手ですわ」

「わあ、きみって着こなしてんの？」

「着こなしてるってほどじゃないんですが、そこいらにあるもんを着てるだけです」

「きみ、そんな人をバカにしたような言い方しなくてもいいじゃないか。おれだってあるもん着てるだけなのに、こうだぜ」

と、ダブダブの白いズボンと色褪《あ》せたワイシャツ、チョッキのポケットに指を突っ込みクルリとまわってみせた。

「いえ、とてもお似合いです」

「……ほう」

「いやそのなんと言うか、ワイルドな感じで、……いやその、貫禄がありまして……」

ハナ子がこらえきれずに吹き出した。留吉の思惑に反して、意外にも、

「ワイルドとはよかったな。うれしいことを言ってくれるねえ」

伝兵衛は顔をゆるめ、ゴマ塩頭をかいている。捜査室はなごんできた。

それから伝兵衛は机の中をゴソゴソやっていたかと思うと、新聞の切り抜きをとり出してきた。

「あった、あった。きみの写真大きいね。向かうところ敵なしって感じだね。おれも時たま新聞に写真がのるんだけど、これの十分の一くらいだよね。このくらい。顔だけのちっちゃいやつ。しかしさあどうしてきみのが大きくて、おれのが小っちゃいんだろうね？……困るなあ」

「ハハハ、たかが写真のことですよ、ねえハナ子さん」

振り返って留吉をにらみつける伝兵衛の顔は青ざめていた。

「おれより目立つな‼」

含みのある表情で留吉を制した。

「はあ？」

「おれを立てろ。それだけを貴様たちゃ考えてりゃいい」

「………」

「すまん、大きな声出して……」

かなり覚悟を秘めた声だった。裸電球につややかに光る額は、同性愛嗜好者《しこうしゃ》のそれを思わせるほどだった。目はギラギラと光り、したたかな生命力を漂わせていた。

留吉は、このあまりにも的はずれの偏執狂的な伝兵衛の自尊心の高さに背筋を正し、目をそらすこともできず、ただ見入っていた。

「ま、この殺しの容疑者にはかなり手こずりそうだね」

「だからこそ、部長を名ざしで来たんじゃございませんこと？」

ハナ子は慣れているのか、動じない。

「しかしよりにもよって、こんな陳腐《ちんぷ》な事件とはね。名ざしも何もあったもんじゃない。おれにこんな事件をあてがっといて、お偉いさん方は、ファッションモデル殺人事件とか、スチュワーデス殺人事件だとか、きれいどころを独占してんだぜ。なんか残りもんの事件ばっかり押しつけて来てさ、名ざしもメザシもねえだろうが。ああ、人間落ち目にはなりたくないもんだなあ。昔は黙っててもイキのいい殺しがピョンピョンおれんとこへ飛び込んで来てたもんだけどなあ」

「………」

「おい熊田、おまえもいいかげん愛想のねえ野郎だな。そんなことありませんよ、とかなんとか言って、力づけてくれたっていいだろうが」

「は、気が利《き》きませんで」

「……きみ、いちいちおれの機嫌とることも気にかけといてくれよ。あからさまじゃ困るけど、さりげなくね。さっ、容疑者を呼ぶ前に足並みそろえる意味で、めんどうだが確認しとこう。熊田君、おれが聞くからきみ答えてくれたまえ」

「はっ」

「発見者は?」

「地元の消防団員です」

「どう思う?」

「はあ?」

「熱海で気の利いたとこは、消防団しかないのかね。いっそのこと、芸者だとかポン引きだとかが発見者だったら、まだやりがいがあるってもんだ」

「熱海署に連絡が入ったのが五時十五分過ぎです」

「きみは聞かれたことだけ答えればよろしい。あくまでおれを中心にすえて、きみは引き立て役としていればいいんだ」

「はっ、申しわけございません」

「不服そうだね」

「いえ」

「誤解のないように言っておくが、そりゃ事件は犯人が起こしたものだ。でも、捜査室じゃおれが主役だからね、……これも覚えといてくれ……、警察のやることだ、通報のあった時間なんて、つじつま合わせるだけだったらなんだってできらあ。……何かないかね？」

「何がでしょう？」

「発見者だよ。もうちょっと色っぽく、こうからんでこさせられないかね。死体を発見するだけだったら、そこら辺のガキだってできるじゃないか」

「おっしゃっている意味がわかりませんが……」

伝兵衛は説明するのが億劫《おっくう》そうにゴマ塩頭をかいた。

「つまりねえきみ、常識で考えてみたまえ。人が殺されてるのを発見できるなんてことは、一生に一回あるかないかだよ。手ぶらじゃ発見できまい？」

「はあ？」

「おいおい、しっかりしてくれたまえ、富山県警きっての鬼デカさんよ。ハナちゃん、このお方に、ものの道理を一から教えさとしたてまつってよ」

「………」

ハナ子はだらしなくほおづえをして、鼻と唇で鉛筆をはさんだまま、

「つまりねえ熊田さん、昔放火魔だった消防士とかね、単純に言えばそういうことなのね。まあ、これはだれにでも思いつけることなんだけど、ああ恥ずかしいわ、あたしもまだまだだわ」

と、顔を伏せた。

「そんなバカな、ありえませんよそんなこと。何を考えてるんですか、あなた方は。発見者は発見者でいいじゃありませんか」

留吉はたまらず、語尾を吐き捨てた。伝兵衛は手の甲をこすり合わせながら不服そうな表情をしていた。

「ありえないかねえ……。きみねえ、ほんの一昔前まではね、十七、八の小娘が一人前に殺される権利なんてのはなかったんだよ。わかるかい？　むろん駆け出しが『ありえませんよ』と語尾を吐き捨てるようなまねもね!!　富山のマキノ部長刑事は、上司に向かっての口のきき方くらい教えてくれなかったのかねえ。……今きみはおれの部下だからね、おれのやり方に従ってもらうよ。発見者の年は？」

「………」

「年は？　ときみに聞いたんだがね、熊田刑事」

　留吉の仏頂面を見かねて、ハナ子が答えた。

「三十です」

　留吉は窓の外を見、金輪際《こんりんざい》口をきくまいと思っていた。

「名前は？」

「山田太郎です」

「チェッ、おもしろくねえなあ、山田太郎かよ。なんてザマだ。よくそんな名前で殺人現場を発見できたね。ほっときゃ図に乗って殺しもやりかねないぜ。貯金通帳の書式じゃあるまいし、熊田とか山田とか来るやつ来るやつ、もう、いいかげんにしてくれよ。……生まれは？」

　伝兵衛は灰皿《はいざら》をとりあげ床にぶつけた。顔を真っ赤に紅潮させ、ふりむいた留吉をにらみつけた。

「いつまでフテてんだ。熊田、貴様に聞いてるんだ！」

「……広島です」

「チェッ、くだらねえ。腕のふるいようがないよ。……名前が山田太郎で、広島生まれかよ—

「……あなた何を考えてるんですか。何がくだらないんですか。どうして広島だとくだらないんですか。言ってごらんなさい。さっきからあなたは何を言ってるんですか。何がくだらないんですか。あなたそれでも警視庁刑事ですか」

留吉はたまりかねて、伝兵衛に詰め寄った。が、伝兵衛はむしろ鳩《はと》が豆鉄砲をくらったような表情で、留吉の唾《つば》を受けていた。ハナ子も眼鏡の奥から、首をかしげながら留吉を見ている。伝兵衛は、小言をくらった子供のような仏頂面をして言葉をついだ。

「何を誤解してるんだ、きみは」

「私が何を誤解しました。今あなたはおっしゃったじゃありませんか。広島生まれがくだらないとは何事ですか。あなたには常識ってもんがあるんですか」

「きみ、なんか勘違いをしているようだね。広島のカキみたいに口をとざしていたやつが、急にしゃべりだして……まあちょっとハナちゃん、書いといてくれたまえ」

「ハ、ハイ。あ、すみません」

ハナ子も鼻の下にはさんでいた鉛筆を落とし、夢から覚めたような顔をしている。

捜査室の中央を伝兵衛は行ったり来たりし、考えをまとめていた。立ち止まり、一気に口述をはじめた。

「素朴な成績で中学を出、とある温泉町の消防団に入った彼は、その素性を黙して語らない。なぜか落日を見つめていた。ま、こんなもんだろう。……きみ、何か言いたいことがあるんじゃないのか？　いや遠慮しなくてもいいよ。きみ、なかなかおもしろいこと言うからね、興味があるんだ」

留吉は怒りを押さえながら言い放った。

「どういうことでしょう、私にはさっぱりわかりません。山田太郎はただ単に死体を発見しただけだと思われますが」

「こりゃまたさみしいことを言ってくれるねえ、いい若いもんが。並みの消防団員だったら、火事がないならテメエで火つけといて消しに行くくらいのことはやるぜ。またそれが、人間のあるべきほんとうの姿というもんだよ」

「容疑者大山金太郎を取り調べる前に、発見者である山田太郎への必要以上の考察は無意味だと思われます」

「けだし正論だね。『まず発見者を疑え』とカビの生えた空手形をふりかざすつもりはないけどね、この伏線を引いとけば、あとで退屈しのぎくらいにはなるだろうよ」

「何をおっしゃるんです」

「まあ聞きたまえ。……それに、おれは今、つっかかることなしに『落日を見つめていた』としめくくったがね。やぼったいかね？　今の『落日を見つめていた』ってのは」

「しかし因果関係の問題からして、発見者である消防士、山田太郎がゆきずりの山口アイ子を殺す動機がありません。それに何より、容疑者大山金太郎が捕えられているんですよ」

「おれがね、警視庁でふんぞりかえっていられるのは、容疑者でございって顔してるやつをのさばらせてこなかったからなんだぜ。容疑者がいようがいめえが知ったこっちゃねえやな。それにだよ、今時、人一人殺すのに動機がいるかねえ」

と、伝兵衛はもの珍しい動物でも見るかのように、留吉のまわりをぐるぐるまわり、自分の言ったことにうなずいていた。人を食ったようなその論法に、留吉はなす術《すべ》を知らなかった。背の高い留吉のまわりを、小男が背広の品定めでもするかのようにぐるぐるまわるので次第に留吉は気色が悪くなっていた。

「おれねえ、動機をもってそうな容疑者ってきらいなんだ。ま、これも趣味の問題かもしれないがね。そりゃあ、間をもたせる意味で、動機はなんだときくこともあるが、そんなもん時候の挨拶《あいさつ》と同じようなもんだと思っていたがね」

「……しかしですね、動機がないというのは、精神異常者による犯罪の場合に限られますし……」

伝兵衛はにっこりして顔をあげ、白い歯を見せた。

「と、教科書に書いてあったのか？」

そしてまた表情をこわばらせ、大股で捜査室中央の自分の机にもどりながら吐き捨てた。

「警察学校の教官どもは、現場を知らなすぎる！」

「しかし！」

留吉も成りゆき上身を乗り出したが、伝兵衛は机をたたいて立ちあがり、

「一億総しょっぴくつもりかね!!」

この小男のどこからこのような声が出るのか不思議なくらいの大きな声でピシリと決めつけた。留吉は唇をかみしめた。

「いかんね、こういう台詞《せりふ》は。照れくさくってしようがないよ」

伝兵衛は少し照れたような顔をして、ゴマ塩頭をかいた。

「いいかい熊田君、今にも落ちそうな真っ赤な夕陽《ゆうひ》だよ。ま、午後の四時半といったって、この際サバよんで夕陽と考えてくれよな」

「…………」

「そんな顔すんなよ。きみだって刑事を三年やってりゃ、まんざら無傷でいたわけじゃないだろう。ま、夕陽が落ちてゆく。松林の沈黙。前かがみに歩く、うつろな元放火魔だった消防団員。彼は夕陽にたまらない郷愁をおぼえる。で、あられもない女の死体とくる。落ちぶれ果ててゆく温泉場熱海。ねっ、これでなんとなく捜査する楽しみもできたってもんじゃないですか。まあ、今この場で帳尻《ちようじり》合わせといてもいいんだが、きみがそれほど言いはるなら、あとで山田太郎を呼びつけてみてもいい。たたきゃ適当にゲロしてくれるだろう。……吐かなきゃ吐かせる!!」

伝兵衛は毅然《きぜん》と言い放った。

「しかしですねえ、場所は熱海ですよ。熱海には、もはや海としてのサムシングエルスがありませんし、何かひきずりだすにしても、裏付け捜査が相当むつかしくなります」

「そう、そういうことなんだな。サムシンがないんだよね、サムシン大明神が。そこなんだね、おれはこう考えるわけだ。熱海といえど『それでも』と前置きすれば、ロマンチックな浜辺であることはまちがいないんじゃないかってね。そしてこれから、そのサムシン大明神をくっつけてやったらいいんじゃないかね。これもまた法の番人としての警官の仕事だよ。そうかあ、サムシンね。ハナちゃん、さっきの『落日を見つめていた』ってのは、『サムシンを見つめ、かしわ手を打っていた』って書き直しといて」

伝兵衛は両手を開き、幼稚園の子供がお遊戯でもするようにサムシン、サムシンと唱えていた。そして床の音色でも聞くかのように、床を靴で打ちはじめた。

「サムシン、サムシン、ボンボンボン」

伝兵衛が鼻にぬける美声でスキャットを始めた。

「サムシン、サムシン、シャバダバダバ」

するとこんどはハナ子が澄んだ声を響かせた。

「サムシン、サムシン」タタッタ、タッタッ「サムシン」

「サムシン、サムシン」タタッタ、タッタッ「ボンボンボン」

「サムシン、サムシン」タタッタ、タッタッ「シャバダ、シャバダ」

二人は顔を見合わせてウインクをしている。あのひきずるようにしていた伝兵衛の足が、今や魔法のようにリズムを刻んでいる。

ハナ子も負けてはいない。この掛け合いのタップはいちだんと激しさを増してきた。

タラッタトン、タラッタトン、タンタタターン、タタタントン。

かなり複雑なステップになっても、伝兵衛は息ぎれひとつしていない。

ハナ子は華麗なターンをみせた。

そのときハナ子の帽子が落ち、豊かな黒髪が肩にかかり、かぐわしい匂《にお》いをまき散らした。白いブラウスに汗がにじみ、かすかにブラジャーをうつしだす。くびれた腰は意外に細い。スラリと伸びた足がしなやかに躍動する。ハナ子の白い肌が紅潮していった。ハナ子はあごから首すじを伝う汗をぬぐいもしない。

まるで二人は、フレッド・アステアとジンジャー・ロジャースのように舞っている。

「サムシン、サムシン」タタッタ、タッタッ。

捜査室の中の、花瓶《かびん》や机や椅子《いす》までがいっしょになって踊っている。

留吉は、警官が二人、捜査室でタップを踏み、宙を舞う奇妙なさまに、ただ手をこまねいていた。

「サムシン!!」

きれいに着地して、ハナ子から手渡されたタオルで汗をふきながら、伝兵衛は留吉の言葉を待つ気配をみせた。が、留吉の声はこころもとなかった。

「たとえばですよ、部長のおっしゃるとおり、発見者である山田太郎に発見者としての内実を伴わせようとすればですねえ……」

「フーン、どうなるんでしょうね、お聞きしたいわ」

汗をふく手を休め、ハナ子もたのもしそうに留吉の言葉を待った。

「たとえば、まず二言三言語りかけたと思われます。それは被害者の死を再確認するための手続きにとどまります。またはじっと座っていたでしょう。いや、過去のリアリティの踏襲ですよ、こんなもん」

なあんだとばかりハナ子は、期待はずれの顔つきで椅子に深く座り直した。

「ハナちゃん、そういう態度はよくないよ。人が一所懸命しゃべっているんだから、ちゃんと聞いてやんなきゃ」

「すみません、あたし別に……熊田さんあたしそんなつもりじゃ」

「すまん、前はこういう娘《こ》じゃなかったんだが……。しかし、居眠りされなかっただけでも感謝しなくっちゃ」

「部長あんまりです。あたし居眠りなんかしたことありませんわ」

「嘘だあ、いつも鼻からちょうちん出して居眠りしてるじゃないか」

「もうキライ!!」

ハナ子は伝兵衛を追いかけまわした。留吉をはさんで舌を出したり、アカンベーをしたり、留吉のことなど意に介さない。ついには留吉の顔にくっつかんばかりにじゃれ始めた。二人ともあらんかぎりのものすごい形相《ぎょうそう》をして、にらめっこをしている。

留吉はじっと耐えていた。そのうち、レロレロとかベーとかやっている二人のシブキが、留吉の顔に浴びせられるわ、つつきあう指が留吉の鼻の穴にひっかかるわ、キャーキャー言って留吉の髪をひっぱりあうわ、まるで二人は留吉をおもちゃにして遊んでいるようだった。

「……さ、ハナちゃんもうおしまい。もういいよ。ああ疲れた！　熊田、おまえは何を言い出すかと楽しみにしてたんだが底が割れてるよ」

「いや、ちょっと待ってください。私はそういうところから発想するのも一理あると申し上げているだけです。現に昭和五年の坂田山心中では、発見者が遺体を隠したという例があります」

「往生ぎわがよくねえぞ。おれは念を押したじゃないか。退屈しのぎに、発見者山田太郎を元放火魔だった消防団員とひねってみただけだよ。ハナッからこんなもんに頼ろうとは思っちゃいないよ。……何かこすっからそうな目をしてるけど、熊田、きみは根は純情なんだな」

「しかし、静岡県警のしたたかさは音に聞こえております。落ち目の観光地熱海に殺人、とくれば、もっけの幸いと、なんとかもりかえしの糸口をつかもうとしてるんじゃないですか？　そのとき、坂田山心中をお手本にしなかったかと……」

と、留吉は声を荒立てた。が、伝兵衛は相手にしない。

「たかが殺しに浮き足立って、消防団員でも出しときゃあって奇のてらい方なんか、音に聞くことはない。大衆をみくびっちゃいかんよ。そのくらいのことで観光客なんか増えやしないよ」

「しかしですねえ」

「いや、もういいよ。でもきみはなかなか見込みあるよ、ほんと、そう思う。マキノ君もきみは使いづらかっただろうな。おれとは、気が合いそうな気がするよ。……ねっ、ハナちゃんこういうの初めてのタイプだよな」

伝兵衛は言葉とはうらはらに、失意の表情を留吉とハナ子に見せつけた。留吉はもてあそばれたことと、自分の浅はかさに歯ぎしりしていた。が、声を上ずらせながらも、低い声を選んで毅然《きぜん》さを保とうとしていた。

「そんな言い方はよしてください」

伝兵衛は使い走りでもさせるかのように、留吉に指図した。

「入れてくれたまえ」

「はっ」

「おい、何を入れるかわかってるんだろうなあ」

「容疑者を連れてくるんでしょ」

「そんな腰つきされちゃあ、おれはイモでも掘りに行くんじゃねえかと心配したよ」

伝兵衛の含みのある笑いを漂わせた辛辣《しんらつ》な言葉に、留吉はなぜか身動きができなくなった。

「…………」

「つれてくる途中、チンチロリンなんかやって、負けてピストルを取りあげられて、警視庁のなかで人質になったりするなよ。よくある話なんだ。むろん、きみは大丈夫だと思うけど」

「…………」

「それからきみ、ネクタイを少しゆるめたらどうだ。そうじゃなきゃサマになんないよ」

「ついでに煙草でもくわえますか？」

「そんなに有名かね」

「地方にゆくほど」

「末期的症状と言いたいのかね」

「そう申し上げておるのです、部長殿」

かかとを鳴らし、留吉は敬礼を投げつけた。伝兵衛はうつむきながら、笑いをこらえていた。

「……希望したと聞いたが、おれの部下になることを」

「見届けてやろうと思いまして」

「きみだと申し分ない。と、言いたいところだが……。そう意気がることもなかろう。死に水のとりようまで、上司づらして指定するつもりはないからな」

「連れて来ます」

「それときみ、きみたちはどこをどうとり違えてるか知らないが、おれは洋モクしか吸い慣れてないんでね」

伝兵衛はそう言いながら、留吉の持って来た煙草の包みを後ろ手にほうり投げた。包みは軽い軌跡を描いて、きれいにゴミ箱に吸い込まれていった。伝兵衛は、どうだ、うまくほうり投げただろう、とでも言いたそうな顔をして、留吉を見て、ニヤッと笑った。

留吉はドアのノブに手をかけ、ふと思いついたかのようにポケットからマジックインキを出し、壁にはり付けてある指名手配の写真の一つに力いっぱいバツの字をつけた。

「前科十二犯、鬼山三次。昨夜の汽車で乗りあわせてきたもので、もののついでにひっとらまえて来ました。身柄は上野署にあずけてあります。なあに、ほんの手みやげがわりってことで」

後ろ手にドアをバタンと閉め、伝兵衛の豪快な笑い声を背中で聞いた。そして留吉は今はじめて、汗で下着までびっしょりぬらしている緊張した自分を知った。

三　海が見たい

ワイシャツの胸を開けると、生きかえったようになる。地下の留置場から来る風は、冷たく快かった。足元から吹きあげてくる冷気を十二分に味わうかのように、一歩一歩階段を下りると、そこには渇いた喉《のど》をいやすような涼しさがあった。留吉は、不意に思いっきり壁をなぐりつけたい衝動にかられた。階段に座って一服した。胸いっぱい吸いこんだ煙をゆっくり吐きだし、ひんやりとした汗をぬぐった。

『看守長、早乙女《さおとめ》徳馬《とくま》』と、金釘《かなくぎ》流の文字が躍っているドアをノックした。

「おい看守、看守はいないか」

「ふああい」

中から間伸びした声が返って来た。ドアを開けると古ぼけた机の向こうで、ハゲ頭をテラテラ光らせた海坊主のような大男が、金平糖《こんぺいとう》を食べていた。海坊主は大きなくしゃみを立てつづけにすると、目をパチクリさせて留吉を見た。

「看守はワダスですが、金平糖は渡せねえど」

「なにを言ってるんだキサマは。おれは捜査一課の熊田だ！」

「いい、いい、名乗らなぐって。……どうせ二度聞くことはねえだども、いつもなんだ。……伝さんとこの新しい人だべ。せいぜいきばりなっせ」

「なに！」

海坊主は語尾をモゴモゴと口の中で唱え、値ぶみをするような目で留吉を見ていた。

「容疑者大山金太郎を連行する」

「……困るなあ、今朝も電話で言っどいたのに。まだ十分にできあがってねえがら時間をくれって。あんたたちゃいつも、養成期間の半分も終わんねえうちに容疑者を連れてっちまうんだども、ワダスらの身にもなってけれや。第一、容疑者がかわいそうだべ」

「そのだべって言うのやめろ！」

「あんた富山じゃろ」

「………」

「ええ、隠さんでも。そうだべや？」

「そうだよ！　富山で悪いか！　ゴチャゴチャ言ってないで大山を出せ。ついでに、金平糖もだ!!」

伝兵衛にからかわれ、いやがらせをされたことに復讐《ふくしゅう》するかのように、留吉はあたり散らした。

「スガタ（仕方）ねえなあ」

海坊主は立ちあがると、腰に下げた鍵束《かぎたば》をジャラジャラいわせながら先に立った。

不思議なことに、薄暗い廊下の両側に設けられた留置場に人影はなかった。キョロキョロあたりを見まわす留吉をよそに、海坊主はどんどん先へ歩いて行った。

「どうしたんだ、容疑者が一人もいないじゃないか」

海坊主は答えず、留吉のうろたえぶりに笑いを返した。

「貴様、笑いごとじゃないだろうが！」

がらんどうの舎内にこだまする自らの声に、留吉は次第にいらだちを覚えてきた。

「容疑者たちをどこへやったんだ！　事と次第では、おまえたちの責任問題だぞ!!」

語気荒く詰め寄る留吉を、柳に風と受け流したこのベテラン看守長は、つきあたりの階段を昇るとそこにある重い鉄のトビラに手をやった。

「見れ」

海坊主がトビラを開けたとたん、まぶしい夏の光が留吉の目を射た。

光に慣れた目に最初に飛び込んで来たものは、警視庁の中庭に一列横隊に並んだ容疑者たちだった。

「赤巻紙、青巻紙、黄巻紙。となりの客はよく柿食《かき》う客だ。あせらずどもらず元気よく自白しましょう。はいもう一度」

「赤巻紙、青巻紙、黄巻紙。となりの客はよく柿食う客だ……」

などと唱和している声が聞こえてくる。バーベルを持ち上げているやつやら、腕立て伏せをやっている者もいる。

「金ちゃーん、出番だべー！」

整然と並んだ容疑者の列から、一人のナッパ服を着た少年が手をふりながら駆けて来た。彼は留吉の前で立ち止まると、肩で息をしながらペコンとお辞儀をした。

「大山金太郎です。よろしくお願いしまあす」

短く刈った髪と、幼さを残した目が印象的だ。額ににじんだ汗がキラリと光った。

「金ちゃん、刑事さんの言うごとをよぐ聞いてがんばるだど」

金太郎の肩をポンとたたく海坊主の目は、心なしかうるんでいた。

「けっして媚《こび》うっちゃなんねえど」

「はい」

少年は明るくVサインをつくる。

看守長早乙女徳馬は、満足な訓練も受けられぬまま捜査室へ連れてゆかれ、死刑台に昇らされていく容疑者たちが不憫《ふびん》でならなかった。現場の刑事たちは容疑者の傷つきやすい心を、少しも理解しようとはしない。捜査室からもどって来て、留置場の片《かた》隅《すみ》でうずくまるようにして嗚咽《おえつ》をこらえている、何人もの容疑者を徳馬は知っていた。彼が容疑者たちに伝授した拙《つたな》い自白道が、少しでも捜査室で身を守るてだてになればよいと祈っていた。時おりふりかえってはVサインを送ってよこす大山金太郎のあわれさに、看守長はこみあげてくるものを感じていた。

伝兵衛は、容疑者大山金太郎には一瞥《いちべつ》もせず、ブラインドのすき間から街の風景をながめていた。

「容疑者大山金太郎を連れてまいりました」

「ごくろう」

「さっ、座れ」

容疑者大山金太郎は、犯行後熱海駅前のパチンコ屋にいたところを、緊急手配を受けた熱海署員に逮捕されたという。

伝兵衛はブラインドのすき間から外を見やりながら、ふり向きもしないで後ろの金太郎に声をかけた。

「うなされていたらしいね。留置場の弁当はどうでした？　まずかったかね？」

「…………」

「あなたたちから苦情はよく聞くが、なかなか予算がとれなくて」

大山金太郎は、神妙に首をうなだれたまま返事をしない。留吉も声に余裕をもたせ、軽くジャブを送った。

「返事ぐらいしたらどうなんだ！」

その留吉の気負いをすくいとってしまうかのように、伝兵衛はやさしく語りかけた。

「浜はどうでした？　やはり汚れていましたか。親父が、といっても四十年近くも前の話ですが、釣りが好きでよくいっしょに熱海に行ったことを覚えていますよ。あのころは海がきれいで……。親父なんか、これが実にいい親父で、日に五、六尾はこんな大きなマグロを釣ってたもんですよ。あたしも負けじとカツオなんか手づかみでつかまえてました。年に一度は、鯨だって来てくれたもんです。いや、これはほんとうなんですよ。なんだって手づかみできた時代だったんです、あのころは」

ようやく伝兵衛はふりむき、料理人が材料でも吟味《ぎんみ》するかのような目で金太郎をねめまわした。

「あなたが見た海ですよ、そんなにゴミはありませんでしたか？　いいんですよ、そんなにかたくならないでも」

「……………」

留吉はゆっくり金太郎の背後にまわり込み、容疑者の胸倉をねじあげ、張りのいい声でどなりつけた。

「唖《おし》かよテメエ、うんとかすんとか言ったらどうなんだ！」

「まあまあ、いいじゃありませんか」

「しかし部長……」

「きみ、泳げますか？　泳ぎですよ」

「泳げるのか泳げねえのかって、部長さんはきいていらっしゃるんだよ!!」

「はい」

「そう。それにしては所持品の項目の中に水着が入ってませんが、持っていかなかったんですか？」

「彼女が泳げないもんですから」

「ウーン、海に入らなくても体を焼くことくらいやるでしょう、若い人だったら。熱海くんだりまで夕涼みに行ったとこじつけてみてもね、四時過ぎじゃあまだ夕涼みには早すぎるでしょう？」

「ハア」

「これが裁判での、順当な検事側の論告でしょうね。いくらいい弁護士を雇ったところで、四時過ぎの、日の入り前ときちゃ勝ち目がないって尻《しり》ごみするに決まってますよ。それに第一、熱海なんて温泉場は夕涼みに行くところじゃない。夕涼みならほかにあるでしょ、それらしい所が。熱海なんて所は、中小企業の社長がバーのホステスを連れて一泊旅行に行くところですよね」

「………」

「で、どうだったんですか？　水着を持って行かなかったんですか？　ここんとこちゃんとはっきりしてもらわなきゃ、下手すると初めっから殺す目的で、つまり殺意を抱いて女を海に誘ったということに……なるな、こりゃまずいぞ、熊田君まずいなあ。夕涼みに行くわけでもなく、泳ぎに行くわけでもなく……」

「どうなんだ、おまえ」

「ぼくじゃない！」

「じゃなぜ水着を持ってかなかったんだ」

「やった。熊田君黙ってて。『ぼくじゃない』ってのは、いつ聞いても真に迫るところがありますね。『ぼくじゃない』とは、アタリ、大当たり、いいなあ。よし、きみじゃない、きみは無実だ。さっ、ハナちゃん、釈放してあげて。その一呼吸おいたところが実にリアルだ。いいなあ、こう、目をひきつらせて『ぼくじゃない』ねっ、『きみじゃない、さあ帰って』って、つい出ちゃうんだよ」

「部長、何を言ってるんですか」

「だって熊田君、今よかったじゃないか。真に迫るものがあったじゃないですか。絶対無実ですよ、大山君は。『ぼくじゃない！』って、こうだよ。リアリティがあったじゃないですか」

「何がリアリティですか、バカなこと言わんでください」

「無粋《ぶすい》な男だねえ。ね、大山君、お聞きのとおりだ。ここはひとつめんどうだろうが、その水着を持ってかなかった理由を説明してやってくださいよ」

「海が見たいと言ったんです」

「ハナちゃん、お車呼んでさしあげて。あとは言わなくてもいい。もう熊田君だって何も言わないよ。さ、大手ふって帰っていいよ。そう、『海が見たい』と言ったの？いやあ、まいったまいった」

と、伝兵衛はハンカチを出し、ケタケタ笑いながら目がしらを押さえていた。

「ハハハハ、笑わせるんじゃねえ、『海が見たい』だと、フン。職工フゼイがシナつくるんじゃねえよ!!」

留吉は吐き捨てるように言った。だが伝兵衛は金太郎を庇《かば》った。

「熊田君、きみ、なんて言い方するんだ。職工フゼイというのはどういうことなんだ。取り消しなさい」

「言いましょうか。被害者山口アイ子は製糸工場の女工ですよ。女工フゼイに勝手に海を見られた日にゃあ、あたしら立つ瀬がありませんよ。安月給取りはね『公団あてたい』とか、『建て売り買いたい』とか言えても、『海が見たい』なんてそんな物騒なことを言わないということで成り立ってるんでしょうが、それを女工フゼイが……」

「熊田君、きみはどういう生活をしてきたのかね。えらく心がすさんでしまったもんだね。だからこそ、『海が見たい』ってかみしめたって罪じゃありませんよ。きみの青春時代は、ゆとりとか潤《うるお》いとかいうもんがこれっぽっちもなかったのかね。わびしい話だね」

「お説教ですか」

しばしあって、伝兵衛はポツリと言った。

「またすぐそうからむ。どうしてきみはそんなふうにしか、人の話を聞けないのかねえ」

「……願い下げにしてもらいたいもんですな」

「いいじゃないですか、海ぐらい見せてやっても」

留吉は、伝兵衛を教えさとすかのように、言葉をかぶせた。

「いいですか、よく聞いてください、海なんてもんはですねえ、真っ白いパンタロンに革のベルト、スポーツカーを乗りまわして六本木あたりで遊び飽きて、朝方コーヒーの苦さにフッと虚《むな》しくなる。思わず口をつく、『海が見たいな』。なぜかしら涙が流れる。その涙をぬぐう術《すべ》も知らず、ひたすら潮の匂いを求めて高速をひた走る。ねっ、こうでしょうが。捜査上の常識っちゅうもんでしょうが。このクソ暑いさなかに、製糸工場の女工フゼイに、のべつまくなしに『海が見たい』ってほざかれてたまるか。さ、大山、寝言いってねえで、イッパツやりたくて女を海に誘ったって白状しやがれ。え、どうなんだ。ほかに何があんだよ、職工フゼイが!!」

大山金太郎は、留吉が肩に手をかけるのをきらった。

「アイ子は、海が見たいと言ったんです。涙こらえて言ったんです。

肩をふるわせ泣いたんです。

一人で見るのが怖いから、いっしょに見ようって泣いたんです」

「……熊田君、これでもまだ、きみは女工フゼイと唾《つば》を飛ばすのかね」

「フン、……このタヌキが……」

留吉は一人、憤《おこ》っていた。その時、とつぜん伝兵衛はゴマ塩頭をかきむしりながら、

「おい、おまえ……。もう言うことないよ、ドンピシャリだな。一人で見るのが怖くって、いっしょに見ようって泣いたのか？　シビレるなあ。ねえ熊田君、熊田君たら」

「…………」

「熊田ァ！　話を聞け！　おれがものを言ってるんだ!!」

「…………」

「熊田、机に尻を乗せるな！　そんなまねは、この部屋じゃあおれしかやっちゃあいけないんだ。……おれはこの男の素朴な言いまわしに泣いたね。つくりものとも思えないね。いや、思いたくもない。今のこの男の言いまわしがつくりものだというのか！　テメエの根性はどこまでねじ曲がってるんだ!!　熊田、貧しい者は海を見ちゃいけないのかね。きみは海を見ることにいかなる規制をしようというのかね。その優

越感こそ、資本主義社会の根強い悪癖なんだ。『一人で見るのが怖いから、いっしょに見ようって泣いたのさ、チョイナ、チョイナ』。なけなしの韻《いん》を踏んでまでのこの内なる叫びを、だれにふみにじる権利があるというのかね」

「甘い甘い。モーロクもそこまでいくと芸ですな」

伝兵衛は眉間《みけん》を押さえ、必死に怒りをこらえていた。

「その言葉には、後日責任をとってもらうからな」

伝兵衛は怒りにふるえる手で、胸のポケットから煙草を一本取り出して、指先でもてあそんでいた。

「そういうのをね、心情っていうんですよ。煙草をくわえたらどうです？」

留吉は見越して、伝兵衛を挑発《ちょうはつ》した。伝兵衛は煙草を床に投げ捨てた。

「おい、大山……」

「…………」

「そこのゴマ塩頭のじいさんを感動させといて、ちったあ楽しいか。そのくらいの泣きおとしでこのおれが、煙草をすすめて田舎はどこだと肩をたたいて、寿司《すし》でもとってくれると思ってたのかよ」

留吉は、両手で金太郎の胸倉をつかみ、立たせて床に投げとばした。

金太郎は言葉にならないうなり声をあげて留吉をにらみつけていた。

伝兵衛はやさしく彼を起こし、椅子につれもどして不敵な笑いを浮かべ、ほこりをはらってやっていた。久しぶりに五体にわきあがる怒りを、伝兵衛はけだるい疲労感の中に感じていた。

「言葉が過ぎるんじゃないかね。おれは三十五年間の刑事生活をひき合いに出して、きみとやりあうつもりはない。が、駆け出しの新米刑事の舌っ足らずの能書きに、そうだそうだと相槌《あいづち》を打って物わかりのいい年寄りを演じていられるほど、忍耐強くもなくってね。スポット！」

電球が消え、捜査室は一瞬にして闇《やみ》になった。そしてスポットライトが容疑者の胸から上を照らしだした。

「ミュージック！」

洪水《こうずい》のように、捜査室に音楽があふれる。

〽あんな女に未練はないが
何故《なぜ》か涙が流れてならぬ

男心は男でなけりゃ
わかるものかとあきらめた（佐藤惣之助作詞「人生劇場」より）

「おい言うんだ！　山口アイ子はどんなふうに声をふるわせて、『海を見よう』って言ったんだ。口べらしに東京へ出され、雑誌のグラビアをまねして服を着りゃおしゃれだと、メリケン粉を塗りたくりゃそれが化粧だとしか思ってない山だしの娘が、どんな顔して『海が見たい』って泣いたんだ」

ワンコーラスの終わりにあわせて、伝兵衛は『泣いたんだ』と手をにぎりしめていた。サビの部分で徐々にボリュームがあがり、いやが応でも捜査室は盛り上がった。じっと目を見開いていた大山金太郎の、絞られていたスポットライトが徐々に広げられ、彼はひきずられるかのように立ちあがった。

「……二段ベッドと空き瓶《びん》ばかりの寮生活の、隣り村の出身だってことでしか知り合えないぼくたちのように、アイ子ともそうだったんです。すてきな人と銀座で食事して、それから六本木で踊ったと見栄をはっても、次の日にはちゃんと作業着を着て働いていることだけはほんとうだったんです。それを『海が見たい』だなんて、夢見るようにタメ息をつかれても、はじめっから二人ともシラケていたんだ。

だけどアイ子は言ったのさ。

海を見たいと言ったのさ。

肩をふるわせ泣いたのさ。

一人で見るのが怖いから、いっしょに見ようって泣いたのさ」


ブラインドが上がり、初夏の日ざしが捜査室に入ってきた。音楽は一瞬にしてやみ、蛍光灯がつけられた。

留吉は目を押さえていた。遠くから車のクラクションが聞こえる。

「あの……ぼく、今どうでした？」

金太郎はその哀れなほど無垢《むく》な目を、おそるおそる留吉に向けた。金太郎の自白に嘘はないようだ。

「……熊田、人を陥れることだけが、警察の使命なのだろうか。われわれが真に告発しなければならないのは、海を見ることを語れない心の貧しさなのではないだろうか。民衆の切ない心情を、実り多きものとして社会に送り出してやることが、真の刑事魂というんじゃないだろうか」

くわえ煙草伝兵衛は額に油汗を浮かべ、憔悴《しょうすい》しきっていた。留吉は謙虚にワビを入れた。

「許してください、言い過ぎでした」

「許さない、断じておれはきみを許さない」

「部長、熊田さんはまだ……」

ハナ子は割って入ろうとしたが、伝兵衛の尋常でない顔つきに、言葉を詰まらせた。

「まだ、なんだ、若いか？　未熟だというのかね。いつまできみたちはそんなことを言ってるんだ。……おれって執念深いからね……絶対に許さない」

「許してください、言い過ぎでした」

留吉は必死だった。

「許さない、いいや許さないよ。おれはきみを許さないよ。なんたることだ、ハナちゃん、きみまで……。せめてきみぐらいはわかってくれてるものと思っていたのに……。なんのためにおれがここにこうしているか、なんのためにおれが栄達の道を捨ててまで、この小さな捜査室にしがみついているか……。おれはね、ここを通り過ぎてゆく人々の切ない心情をすくいあげてやっているつもりなんだよ。声なき心の叫びをね、この身に受けとめているつもりなんだよ。たとえ一人よがりだと言われようとね、おれは信じてるんだよ、ここにこうしておれが、このくわえ煙草伝兵衛がいることで、迷える民衆の心が救われるのだとね、おれは信じてるんだよ。娘のマリ子はね、幼いころからどれほど陰で涙したかしれないのだよ。でもマリ子は言ってくれるんだよ。お父さんの好きなことをやってください、お父さんの信ずる道を歩いてくださいって、そうマリ子は言ってくれるんだよ。あの子はまだ十九だよ、遊びたい年ごろだよ、おしゃれもしたい盛りだろう。ここにしがみついているばかりに、あの子に娘らしいことの一つとてさせてはやれないのだよ。それでもマリ子はグチひとつこぼさず、いつも笑顔でおれの帰りを待っててくれるのだよ。マリ子はね、まだ十九なのにおれのために婚期を遅らせているんだ。そしてマリ子は結婚もしてないのにおれのためにもうすぐ後家になるんだよ。今おれがこいつを、この熊田という男を許すということは、ここを通り過ぎていった幾多の殺人犯、詐欺犯、誘拐《ゆうかい》犯などの心情を裏切ることであり、あのマリ子の笑顔を踏みにじることになるんだ。おれは許さないよ、絶対に許すことはできないんだよ。きみみたいな刑事ばかりだから、紋切り型の犯罪とハンで押したような犯人しか、日本の警察は量産できないんだよ。……なあ大山、せめておれたちだけは人間らしくあろうな。さあなんだ、金太郎、うん、どうした。言ってみろ、こら、ホレ」

「……部長さん、ぼくのことだったらいいんです。熊田さんを許してやってください」

「…………」

「聞いたかね、今の言葉。きみは恥ずかしいと思わんかね。どこの世界に容疑者からかばってもらう刑事がいるかね」

「さっ、熊田さん元気を出してぼくの調べを続けてください」

「…………」

留吉は、ありがとうと言おうにも、声が出ない。

「テメエは、ありがとうございますの一つも言えねえのか熊田!!」

「すまんな大山、借りは必ず返すよ」

留吉は、それだけ言葉にするのが、精いっぱいだった。

「いえ借りだなんて熊田さん、いいんですよ、気になさらなくても。さ、部長さん続けましょ。いやだなあ、容疑者はぼくなのに。これじゃ熊田さんのお株を奪ったみたい」

ハナ子がハンカチを差し出した。留吉は黙って受けとり、汗をぬぐった。こめかみに鬱血《うっけつ》していた血がときほぐされていく音を、みじめさの中で聞いていた。しかし、調べは続けなければならない。留吉は気をとり直して、大山金太郎に語りかけた。

ときさ」

「……おい大山、おまえつらかったんだろうね。いっしょに海を見ようって泣かれた
「ええ、やりきれなくて、つくづく無力だなあと思いました」

容疑者は、丸い椅子に正座をしてはつらつとしている。

「そうだろうなあ。女工フゼイでは分不相応と知りながら、『海が見たいな』という言葉。耳たぶまで赤くなる彼女。朝は七時から夜九時まで残業で働きづめ、それでも故郷に仕送りすればお金はほとんど残らない。唯一の楽しみはパチンコか場末の映画館のナイトショウ。勇気がいったんだよな、『お酒飲もうか』だなんていうのは。彼女は肩をすぼめる。わかるんだよね、こういうの。彼女は肩をすぼめたんだろ。それでおまえは、この日のためにと以前から見つけておいた、原宿の小ぎれいなスナックに彼女を誘う。ミュージ……」

「いや、喫茶店なんです」

「嘘でしょう、スナックでしょう、おまえ困るよ、おれって孤独だなあ」

伝兵衛は目をしょぼつかせながら、切なげに爪《つめ》をかんでいたが、次第に顔が土気色になり、そのうち黒眼が反転し、口からアワをふきだし、二、三度ブルブルッと身ぶるいすると、そのまま棒でも飲んだように、バタリと後ろに倒れた。目はカッと見開

いている。ゴマ塩頭のゴオンという音が、にぶく共鳴した。留吉があわてて駆け寄ろうとしたとき、ゆく手をさえぎるように何物かが目の前をよぎった。ハナ子がすかさず投げたスリッパだ。

伝兵衛はカパリとスリッパをくわえ、しばらくモゴモゴやっていたが、突然ペッと吐き飛ばすと、何事もなかったように文部省唱歌らしきものを口ずさみ始めた。よく聞いていると、ただなんとも悲しく聞こえる「赤とんぼ」の歌である。そしてうつぶせになり、

「……いい部下もちたいなあ……」

と、独白した。

さ、今こそ留吉も借りを返さねばならない。

「コオラ大山。テメエ警察をナメんじゃねえぞ、偽証罪で二十年ばかり水増ししてくらいこもうってえのか!!」

「だって、スナックって行ったことないんです」

金太郎も困りはてていた。伝兵衛は起きあがりながら、金太郎が座っている椅子に手をかけようとしていた。ハナ子がそれを制して、金太郎に駆け寄った。

「あんたね、心して聞くのよ。落ちつきなさい。偽証罪ってのはね、嘘、偽りの類《たぐい》を

証言することで、これは罪が重くて、軒並み死刑なのよ。昭和四十五年渋谷で起こった強盗事件の裁判で、コーヒーをコーラってトチった気の弱そうな人がいたけど、ちょうど裁判長の息子さんが大学に落ちた時で心証が悪く、死刑になったのよ。ね、悪いこと言わないからまちがいでしょ？　スナックでしょ？」

「いや、そう言われても困るな。喫茶店なんだけど……」

伝兵衛はうつぶせになっている腕のすき間から留吉をにらみつけていた。留吉はお任せあれと腕まくりし、胸をたたいた。

「コオラ大山。おまえ『海が見たいな』、そんな言葉を喫茶店で吐けるわけねえだろうが。部長の気持ちを踏みにじる気か？　ちったあ部長を立ててやろうって気はないのか？」

「同情なんかいらないよ」

伝兵衛は足をバタつかせ、ウーウー言いながらハンカチをかみしめ、小娘のようにすねはじめた。

「いや、ほんとうなんです。嘘じゃないんです。喫茶店なんです。ぼくも彼女もお酒飲めないんです」

伝兵衛は椅子をもちあげ、金太郎めがけて投げつけた。容疑者は辛うじてよけたが、おびえて留吉の陰に隠れた。

「金太郎、テメエ覚えてろ、ただじゃ済まんぞ。いいか、おれが特別あつらえの十一階段作ってやらあ。テメエが名誉ある十三階段昇れるタマか。……熊田、何してんだ、ちょっと来い」

「はっ」

「耳貸せ。オラアな、喫茶店だっていいのよ。が、あとで泣きをみるのは、だれでもない、大山自身だってこと、ちゃんとあいつに伝えてほしいんだよ」

「わかりました」

「くれぐれも言っておくが、おれ個人としては喫茶店だって捜査できないわけじゃないってこと、大山に伝えてくれよ。しかし、今後の容疑者と刑事の友好関係にひびを入れたくなかったら、スナックにしておいてもらいたいってことだね。まあ、しっかりな」

「は、がんばらせていただきます」

「よし行け。しかし暑いなあ、この部屋。いつになったら冷房入れてくれるんだ。図体ばっかりでかくてもう、この扇風機は」

と、目のあらいかなり旧式の扇風機にかぶさり一人占めにした。後ろのツマミを押さえていたが、故障しているのか首を振るのをやめず、ついには首振りにあわせて体を動かしていた。

「おい熊田、いつまでモタモタしてんだスナックは」

「は、はい。今すぐあがりますから……。おい、ちょっと来い。いいか大きく息を吸って、深呼吸して。ものは相談だが、こうやってさ、目玉をまんまるくして肩をすぼめて、『お酒飲みたいな』。かわいかったんだろ、やけるよ。ヨッ、若旦那《わかだんな》。部長、スナックはもうすぐですよ。ねっ、喉まで出かかってたんだよな、そうだろ。言ってみろ、この女殺し金太郎さん、金ちゃん」

「しかし、喫茶店でしたから」

「ワー、ワー。おまえ、おれ殺す気か。スナックなんだろ。頼むよおまえ、助けると思って」

「もういい、この役立たずが」

伝兵衛は留吉の言葉を、ハエでも追うかのようにふりはらい、

「おい大山、おまえはカウンターで水割りだったんだろ。汗と油にまみれたおまえの顔を見て、蝶《ちょう》ネクタイのバーテンは、『角にしますか、オールドにしますか？』って、見透すように言ったんだろ？」

金太郎は無言。

「ひでえバーテンがいるんですよね。おまえはささやかに見栄をはる。部長、こんなもんでは……」

「はっていいのよ、はれはれ。たまの給料日じゃないかよ」

と、伝兵衛は、合いの手を入れてはやしたてた。

「そう、たまの給料日。『オールドよ』って、軽くイナしてやったんだろ。たじろぐバーテン。『お嬢さんは？』、その慇懃《いんぎん》さに彼女は答える術を知らず、うつむく十九の恥ずかしさ」

「そうそう、すかさずおまえが『コークハイ』と、くるよな！」

「交わす目と目！」

「忍びあう心と心！」

伝兵衛と留吉は、金太郎の取り調べをそっちのけにして、掛け合い万歳をはじめていた。

「ほろ酔い気分にほだされて、つい滑らす国訛《なま》り！」

と、留吉。軽妙に掛け合う二人。

「触れあう十九の肢体《したい》！　スポット！　熊田に!!」

伝兵衛は留吉を追い込んだ。

ブラインドが下がり、捜査室はまっ暗になった。次の瞬間、スポットライトが留吉を煌々《こうこう》と照らし出した。

「触れあう十九の肢体！　熊田どうした!!」

「海を見よう!!」

留吉は映され、一気になだれ込んだ。

……確かに『海を見よう』と来てもおかしくない。いやむしろ、そのリズム感からいって正解ですらある……。

留吉は丸いスポットの中で、ひざまずき、つぶやいた。

「……そうだったのか、知らなかった。山口アイ子は海を見たかったんじゃないんだ。海をとりまく幻想に、身も心も酔い痴《し》れていたかったんだ。『海を見たい』って、その言葉をただつぶやいてみたかったのか。……それとも知らず、おれはバカだった。金太郎、ごめんね」

伝兵衛はやさしく留吉の肩に手をかけ、

「……むしろ、海を見たがっている自分にすがっていたかったんだろう……」

穏やかな表情の中にも毅然《きぜん》たるものをたたえていた伝兵衛は、スポットをすぐには消さず、輪の中で留吉に余韻を楽しませた。

「もういいだろう。元にもどしてくれたまえ、ハナちゃん」

「は、はい」

ハナ子の声もうわずっていた。

伝兵衛の老獪《ろうかい》さは、留吉より一日の長がある。

「……さっきは怒鳴ってすまなかったな」

「いえ、とんでもありません」

伝兵衛は頼もしげに留吉の手をとった。

「わかってくれたんだね」

「私は、私は……」

「……そうしてだれしもが、成長してゆくのだよ……」

伝兵衛もとてもうれしそうだ。

「あのう喫茶店なんですけど、お茶を飲んだんです。お酒は飲みませんでした」

見つめあう師弟の絆《きずな》は固く、金太郎の必死の訴えも、取り残された者の嫉妬《しっと》の叫びとしか聞こえてこない。

「……かたくななやつだなあ。熊田君でさえ、こうやってわかってくれたというのに」

「部長、さえってのはヒドイですよ」

「ハハハ、失言、失言。いいか、おれたちがハイそうですか、喫茶店ですかとだまされてやってもだ、裁判所でおまえ裁判長の心証を悪くすることだけは控えたほうがいいよ。生かすも殺すも胸先三寸、トンカチひとつでみんな決まっちゃうんだぜ。まあ、おれたちだから堪《た》えてもやるが、しょっぱなから喫茶店だなんてカマトトぶったら裁判はそこで打ち切りだよ。おまえもここは融通性をもって、おれたちに花をもたせてくれよ。おまえは水割り、彼女はコークハイ一杯、それもかわいく『お代わりしてもいい？』ってこれにしとけ」

「いいえ、紅茶飲んだんです、ほんとうなんです!!　信じてください」

「うんもう、頑固な容疑者だねえ、まったく。熊田君なんとかしてくれよ」

留吉が捜査のやり方をようやくわかってくれたことが、相当うれしいらしく、大仰に頭をかかえて、伝兵衛はなりふり構わず上機嫌だ。

「ハッ、及ばずながら、この熊田留吉にお任せあれ。コオラ大山、下手に出りゃあ図に乗りやがって。この方をだれだか知ってるんだろうなあ。桜田門のくわえ煙草伝兵衛って、シャバで噂《うわさ》を聞かなかったわけじゃないんだろうなあ」

「ホントなんです。ぼくも彼女もお酒飲めないんです」

「ハナちゃん、大山はまだあんなこと言ってんだぜ。あれじゃあんまり熊田君がかわいそうだよ」

伝兵衛は腰をくねらせ、ゴルフのスイングのまねをしていた。かなりの上機嫌だ。

「ハイ、ハイ、承知しました。ねえ大山さん、さっきから言ってるでしょ、安酒かっくらって、いえ、飲んで、ぐでんぐでんに反吐《へど》はくまで酔っぱらったって言ってるんじゃないのよ、足元見るんじゃないわよ。あなたはオールド、彼女はコークハイ一杯、それもかわいく『お代わりしてもいい?』、ねっ、彼女まるでウブなお嬢さんじゃない。ここまで権力側は譲歩してあげてるのよ、酌んでくれてもバチあたらないと思うわ。普通だったらあなた、コークハイ一杯じゃ済まないでしょうが、あんたは始終スクリュードライバーかなんか、彼女が便所に行ったすきに注文したり、彼女は彼女で、終《しま》いには『ボトル入れろ!』ってすごんじゃうでしょうが。そのボトル娘によ、かわいく『お代わりしてもいい?』って、首をかしげてこうよ、あたしたちだってかなり綱渡りしてんのよ。勘違いでしたって、即座に否定しなさい。今だったら、部長だって目をつぶってくれるから」

「いえ、ぼくは嘘ついちゃいませんよ。ちゃんと……。何度も言ってるじゃありませんか、彼女もぼくもお酒飲めないんです。でもみなさんがそこまでおっしゃるんならスナックでもいいです。でも、それでいいのかなあ」

「何よその、投げやりに、スナックでもいいですってのは。誠意が感じられないんじゃない。おっしゃったとかおっしゃらなかったとか言うことじゃないでしょ、いま、あなたの心から湧《わ》きあがって来た言葉じゃないわ」

「まあ、まあ」

と、伝兵衛はハナ子をたしなめるが、ハナ子はなおも詰め寄って、

「いえ部長、あたしいやなんです。第一男らしくないと思うわ。ねえあなたハッキリ言ってみてよ。何よ、スナックでもいいですって言い方、どういうつもりなのよ」

あまりのハナ子の剣幕に、金太郎はショボンとしていた。そのヒステリックなこだわりように、留吉は若づくりしているが、ハナ子の年を見たように思った。

「ほうらハナちゃんを怒らしちゃったぞ、どうするんだよ」

と、心配そうに伝兵衛は、金太郎の肩に手を置いた。

「おまえね、国家権力ってのはものすごいんだよ。喫茶店の十や二十は、一晩でスナックに変えるくらいの特技は持ち合わせていてね。でもおれもそこまで事を荒だてたくないんだよ。……ここにこう遺書がある。まあ、今朝の新聞に載ってるんだけど、

目蒲《めかま》線の蒲田駅で飛び込み自殺したバアさんの遺書だ。これをこう破っちゃう。そしてこう捨てる」

「大丈夫なんですか、部長」

と、心配そうな留吉。

「熊田君、見てくれたまえ、この飽くなき刑事魂を。ちょっとハナちゃん書いてくれ。工員大山金太郎、老婆を後ろから突き落とす」

「ムチャクチャ言わないでくださいよ！　ぼくは知りませんよ」

「ムチャじゃないんだ。おまえが知らなくても、みんなに知らしめちゃうんだ。サジ加減ひとつでどうにでもなるんだ。こういうのを国家権力ちゅうんだよ。おまえも風の便りにぐらいは聞いてるだろうが。なかなか人前には披露《ひろう》しないんだが、まあ、あまり捜査が難航するとね、あり合わせのやつで間にあわせちゃうことよくやるんだよ。昨日だって、知ってるだろ、時効寸前の三億円事件の犯人が捕《つか》まんねえもんだから、大山にどうだっていう話がもって来られたんだけど、おまえに相談なしにもなんだから、まあ一応、保留ってことにしといたんだけど、どうする？　おまえ、それでもいいのかね」

「…………」

「部長、あくまでこれは一案なんですけど、ブランデー入りの紅茶ってのは……やはりおかしいですか、いえ、まあ一案としてですけど……」

「ハナちゃんらしくもない妥協の仕方だ。フフフ、被害者が紅茶に落としたブランデーに頬《ほお》染める、たとえば戦前の没落貴族のお嬢さんかね。まだ悲観的にならなくてもいい。少量で効くといっても、工員、女工ときてブランデーときたまえ、だれが信用してくれるかね。それこそデッチあげだよ。しかしおれはなあ、飲んだ上での犯行ってことで、手っ取り早く、かたづけようとした覚えはないんだよ。おれのプライドのために言っておくがね、これだけは誤解しないでおいてくれたまえ」

なぎである。気まずさだけがひしひしとおし寄せてくる。金太郎は遠くに波の音を聞いていた。もしかしたらアイ子も、刑事たちが今、感じているようないらだたしさを金太郎に対して感じていたのかもしれない。そしてまた、媚《こび》だけは売っちゃなんねえとの、徳馬老人の言葉を何度も反復している金太郎であった。

四　口笛が聞こえる

警視庁に着いてからすぐ、きれいに印刷された小冊子を大山金太郎は渡された。表紙に「協力」と大書してあり、よりよき容疑者としてのあり方や、自白道なるものがこまごまとしたためてあった。

（まず、調子に乗ってすぐ自白しないこと。起承転結の、古典的骨格にのっとって自白すること。気をもたせ、不敵さを漂わせること。取り調べの途中、必ず一回、鼻クソを丸めて取り調べ刑事にぶつけること。つまり、機先を制すること。刑事を手こずらせてこそ、はじめて容疑者たり得ること。ｅｔｃ）

金太郎は、熱海では刑事たちをずいぶん困らせ、申しわけなさが先にたって自供するどころではなかった。矢つぎ早に質問されて、どうも受け答えがワンテンポずつ遅れ、刑事たちの調子の狂い方は相当なものだったらしい。こんどこそ容疑者としての適切な間のとり方や、容疑者として自白してゆく過程、また正しい問い詰められ方を刑事さんたちとともに、突きつめてゆこうと思っていた。

さすが警視庁だ。明かりが変わったり音楽が鳴ったり、何よりも容疑者を飽きさせない。時おり花を添えてくれる婦人警官の流し目も、さすがと思わせるものがある。

小冊子の中ほどに、木村伝兵衛部長刑事の一とおりのプロフィールが紹介されたあと、他の部長たちのように長ったらしく、武勇伝などが書いてなく『口笛――煙草――お茶――証拠品――昂揚《こうよう》』とだけの五文字が、自信ありげに伝兵衛の笑顔の写真を支えていた。

留吉としてもあせりは金太郎と同じであった。なんとか解決策を思いつこうと、髪をかきむしり部屋を歩きまわっていた。

工員と女工が酒に泥酔《でいすい》することなく、海を見にいけるはずはない。いや、これは彼らに限ったことではない。留吉とて同じだ。工員と女工で象徴される者たちが、アルコールの力をかりることなしにどうしてこう気恥ずかしい行動に移れたのか、先ほどの名誉挽回《ばんかい》の意味でも、ここは自分が口火をきらねばならない。もしかしたら、二人が東京に来て初めて出会ったのが喫茶店だとしたら、思い出を暖めあい、つらい生活のことを話し、「海が見たい」と感傷にひたることもありうる。留吉は立ちどまり、眉《まゆ》をひそめながら問うた。

「おい大山、喫茶店、なんて喫茶店なんだ？　あるだろいろいろ。工員と女工が一目で見栄をはってるなってわかるところだろ。おれたち刑事が捜査に張りをもてる喫茶店だよ。……なんて名の喫茶店だ？」

「確か新宿の……」

「原宿だろ」

「いえ、新宿です！」

「聞こえてるよ！……新宿でいいよ、なんて名前だ？　工員と女工がたまの日曜日に、いっぺんで見栄をはってるってわかる所だよ。なんて名前だ？」

「アングラです」

「アングラ?!」

「ええ、二人とも都合がよかったもので」

「よくもまあ、そんなにストーリーのない喫茶店にしけこめたな。ほかに喫茶店がねえわけでもあるめえ。おまえら見さかいもなく、喫茶店だろうがなんだろうが一点豪華主義ってのやるだろうが、一点豪華主義っての。ちったあ考えなかったのかよ。どのツラ下げてそんなとこシケこめたんだ、言ってみろ。ブタ娘と紅茶飲むなんてよ。そんなとこシケこんで何をまとめたんだ。トルコでも売りとばしてヒモをやって食いつなごうって話か?」

「別にそんなこと、話してません」

「じゃなに話したんだ、そんな名前の喫茶店で。『二人の世界』とか、なんとか、あるだろうが。マッチなんか凝《こ》っててさあ、手がかりになりそうな喫茶店が」

「熊田君、もういいよ。これ以上たたいても何も出て来ないだろう。捜査を白紙の状態にもどそう」

さすが伝兵衛も、やりきれなさそうだ。

「ちょっと待ってください部長……。おい大山、よく行くのかそこへは?」

「いえ、そんとき初めてなんです」

「初めてだあ? 初めて行った三流喫茶店で、どうして『海を見よう』なんて話になるんだ。『海を見よう』なんて、どこでも口にできるってもんじゃねえだろうが。雰《ふん》囲《い》気《き》とか、ムードちゅうもんもいるだろうが。女と別れるときなんか、小雨ふる桟橋《さんばし》なんかいるじゃねえか。そういうことナシに、『海が見たい』とか言うと、昔は憲兵から撃ち殺されてたんだぞ。あっそうか、このヤロウおれをおちょくってやがんな」

「いえ、ほんとうなんです」

「もういい。テメエの言うことなんざ、おれは金輪際信用しねえからな。おまえなあ、よく聞け。いいか、おまえのその計画性のなさにだな、何人もの刑事が額に汗して足を棒にして、むだな聞き込みしてまわらなきゃならないハメになるってことを考えなかったのかよ。ちったあ申しわけないと思わなかったのかよ。おまえらがいつだってあとさき考えずに、犯行を次から次から起こしちゃうからねえ、みんなつらい思いしなきゃならんのだ。聞き込みっていったら、捜査一課のハナよ。たとえばその『アングラ』へ聞き込みに行くだろ、『こういうやつ知らないか？』『知りません』なんていなされてみろ、ゴッチャゴチャしたとこでよ、みじめだぜ。普通だったらなあ、いわくあり気なボーイがいてよ、『こういうやつ知らねえか？』『さあな、おらあデカはきらいでね』『テメエ、警察ナメんじゃねえ！』って、ボーイの胸倉つかめるだろうが。おらあこれやりたいばっかりに警察に入ったんだ。あるじゃないか、刑事たちが聞き込みに行きがいがあるところが」

「そこまで気がまわらなかったもんですから……」

「もういい、その店じゃ何も話は進展しなかったろ」

「はい、まあ」

「あたりめえだよ。たかが喫茶店としか考えてなかったから、バチが当たったのよ。ちゃんとした喫茶店はな、コーヒーの飲み方に芸がなかったら、ボーイからブッ飛ばされるんだぞ。そんな葛藤《かっとう》のない喫茶店で、何か二人ともみじめになってきたんだろ。ただ喫茶店を出て肩を寄せあい歩いて行ったんだろ。気がつくと海に向かっている。何時間も何時間も車のライトを背に受けて、海までゆけば、海までたどりつければ、つぶやくように歩いて行ったんだろ。ようし、おれも乗ってきたぞ」

伝兵衛は、留吉が必死になって取り調べているのを心強く思っていた。多少短絡はしすぎているが、その責め口は今までこの部屋に来た若い捜査官の、だれよりも発声がしっかりしている。留吉はますますはり切って、ツバキをとばし、興奮ぎみになっていた。

「いいか、遠くから朝日がグーッとはい出してくるのが見えたんだろ？　そして水平線に太陽が顔を出しきった時、浜辺へついたんだ。おまえたちは、今にも崩れそうな廃船が砂浜にあるのに気づく。そのなつかしい魚の匂いのする船底で、肩を寄せあってひと眠りする。……ホレ一丁あがり……。あとは『ヤラセロ』『イヤヨ』と相場が決まってらあ。もうおまえ、ダメだね。これぐらい刑事が謎《なぞ》解きを楽しめない、努力の跡のうかがえない殺人事件も珍しいよ。こりゃ、事件と呼べる代物《しろもの》じゃないね。ただのデキゴトだよ。まさかおまえ、国会議員か何かに、裏から手をまわして殺人事件にしてもらったんじゃねえだろうな。でなきゃ、こんな算数程度のこと、日本の警察がとりあげるわけねえもんな」

「たびたび話の腰を折るようですけど、朝、新宿駅で待ち合わせて海に行ったんです。夜中に歩いて行くなんてことしませんでした。すみません」

留吉は顔を真っ赤にし、歯をくいしばっていたが、ついに耐え切れず、金太郎をしたたか平手打ちした。

「なんだと、このヤロウ。朝、新宿駅で待ち合わせしただだと。水筒でも下げて、心うきうき、ピクニックへでも行くつもりだったんだろう。貴様、切実さちゅうもんが、カケラもねえのか。虐《しいた》げられた者の怨念《おんねん》ちゅうもんが、なかったのかよ。海まで、車のライトを背に受けて歩くぐらいの、情熱もなかったのかよ。戦後犯罪史上、貴様のような雑で不用意な容疑者を見たことないぞ。警察に何か恨みでも持ってるのか。テメエ共産党のまわしもんか。いくら成り行きかもしらんけど、おれは貴様が、栄えある殺人関係者とは思えないね。いいか、殺人なんちゅうのはな、ちゃんとした地位や名誉のある人だって、なかなか意のままにはならない憧《あこが》れの的《まと》なんだぞ」

沈黙を守っていた伝兵衛の口笛が、留吉の怒号を封じ込めた。一瞬にして捜査室は闇になった。

る。

暗闇《くらやみ》にぼんやり浮かびあがった伝兵衛は、片目を刀の鍔《つば》で隠し、びっこをひいていた。

金太郎は、看守長早乙女徳馬老人の言葉を思い出していた。

……しじまをぬって、伝兵衛部長の口笛が冴《さ》えわたる。まず煙草をすすめてくる。次にお茶。最後にさり気なく証拠品を出される。容疑者は一人の例外もなく驚き、畏《おそ》れ、わななき、逃げまどう。ああ、この昂揚度！　この緊張感！　伝兵衛はこの一瞬に刑事生命のすべてを賭《か》けている。この一瞬なかりせば、伝兵衛は何をするかわからない……。

金太郎は、自信ありげにうなずき深く椅子に腰かけ、足を組み、不敵さを漂わせていた。

「煙草吸うかね？」

と、伝兵衛はすごみのある声で金太郎に語りかけた。

「あんがとよ。……おっととっと、よしてくれよ。マッチじゃ、この大山金太郎さまのくわえた煙草に火はつかねえよ」

伝兵衛は金太郎の豹変《ひょうへん》ぶりに狂喜し、唾を飲み込んだ。あせってはならない。なによりも、自然な会話から容疑者をリズムに乗せなくてはならないのだ。留吉もなんだかうれしくなってきた。

「お茶は？」

「毒を盛るほど度胸があるかい、デカさんよ、フフフ」

伝兵衛は、水玉模様のハンカチを取り出し、額の汗をふき、金太郎にもすすめた。

「暑いだろう、汗でもふいたらどうだ」

「すまねえな、ハッ！」

金太郎は白々しく、みごとに驚いてみせた。

「おめえんだよ!!」

と、伝兵衛とハナ子と留吉は、声をきれいに合わせて叫んだ。

「しまった、計られたか！」

金太郎は歯ぎしりし、ワナにはまった凶悪犯を演じていた。留吉とハナ子が両手をひろげ、金太郎の逃亡をはばむしぐさをしている。

「じたばたするんじゃねえ。K・O、大山金太郎。砂に埋もれていたそうだ。さあ、どうデッチあげるつもりなんだ」

伝兵衛は童顔をほころばせ、得意満面である。迂余《うよ》曲折はあったが、はじめて捜査官と容疑者のチョウチョウハッシのわたり合いをやる充実感を五体に感じとっていた。

金太郎とて、まんざら悪い気持ちもしない。今までの経験からして、あとの捜査はリズムに乗ってたたみ込むだけでよいのだ。捜査官と容疑者の、虚々実々の戦いは声量の問題にかかってくる。伝兵衛はさすが呼吸を乱すことなくたたみかけて言った。

「尻の下にハンカチ一枚敷けば強姦罪《ごうかん》は成立しないって、おまえたち工員には常識だってな。ヌード写真ベタベタ貼《は》った会社の寮で、どうしようもなくいじけた先輩が、田舎から出て来たばかりのおまえらに、そんなことばかり教えるんだってな」

「そこまで言わなくてもいいじゃねえか」

ハンカチを握りしめ口調までかえ、苦悩の表情をつくり、あれほどまでに疎外されていた容疑者は完全に捜査室の人となった。

「じゃどうして、新聞に現場写真ひとつ載せるのに気がひける、あんなブス殺したんだよ。おいおまえ、ブス殺したら多少刑が軽くなるなんて、日本の法律はそこまで進歩的じゃないんだぞ。それとも何か、ブス始末して感謝状でももらおうって魂胆《こんたん》か」

「ブスブス言わねえでくれよ」

「なんでだよ、ブスをブスだって言ってなにがわるいんだよ。ブスをブスだとちゃんと言いきる、潔さがなかったから、大東亜戦争が始まったんだぞ」

「ぼくにはよく尽くしてくれる娘《スケ》だったんだい」

額にうっすら汗を浮かべ、伝兵衛をにらみつける金太郎はまさに犯人そのものだった。

ハナ子が、プロレスよろしく、ホイッスルを吹いた。伝兵衛は、留吉にタッチ。さすが器量が大きい。新任刑事に見せ場をつくってやった。

「そうだろうよ。ブスが尽くすこと以外、世間様に顔向けできることってほかに何があるんだ！」

金太郎は二対一という歩《ぶ》の悪さも省りみず、孤軍奮闘していた。

「ひどすぎるよ。いくら警察だからって、アイちゃんをブスだっていう権利はないんだ」

「おれたちゃな、一市民の正当な美的水準をばもって、この写真の女をブスだと断言したんだよ。ブスに権利なんかあるもんか」

「チキショウ。テメエら、なんて警察なんだ」

金太郎は顔色をかえて留吉につかみかかった。ハナ子がまたホイッスルを吹いた。

「公務執行妨害。大山金太郎一点減点」

留吉はネクタイをきちんとしめなおし、再び続ける。

「そりゃ、ブス放し飼いにしといて法治国家もあったもんじゃねえが、法の網かいくぐってブスを殺していいってことにはなんねえんだぞ。ブスの存在自体が罪だという、法のあるべき姿にたちもどるには、善良な市民の忍耐と時間が必要なんだ。だから現時点では、おまえの『ブス殺し』は前衛的な試みでこそあれ、建設的とはいえないんだ。しかし、ブスを憎んでやまないというおまえの志は、見るべきものがあり、よしとしなければならん。しかしこの日本から、マシンガンで、ブスを一掃してしまうというほどの哲学をもっていないからおまえはダメなんだよ。それとも何か、『ブスの始末屋』という金看板しょって、一匹狼《おおかみ》として一生をまっとうする正義感が、おまえにあるか？」

「……ひどすぎらあ。アイちゃんだって、街を歩いててショーウインドウの前なんか来て顔がうつると、うつむくくらいの礼儀は知ってたんだ。おれだってそこんとこはなるだけ触れないようにして、二人して生きてゆこうとしてたんだ。二人して歩いてゆこうとしてたんだ。それをあんまりだよ、ワーッ！」

大山金太郎玉砕せり。

容疑者が罪の意識に泣き伏した。初陣《ういじん》を飾った留吉は清々《すがすが》しく両手をあげた。

伝兵衛は握手を求め、留吉も固く握り返した。

「いいか、大山、誤解すんなよ。おれは基本的には、ブスだからいけないと言ってるんじゃないんだぞ。ブスがブスったれて、喜怒哀楽をあらわにするだろう、それが許せねえんだよ!」

留吉にいいとこ横どりされていた伝兵衛も負けてはいられない。

「まあまあ熊田君それぐらいで……。なあ大山、よく聞け、そのアイちゃんってブスもだ、東京近郊の団地で内職でもしとってもらってだ、あんまり人目につかないようにして円満に処理することもできたんだぜ。ブスが人並みに選挙権を欲しがりさえしなければ、狭い日本だけどアイちゃんの座る椅子のひとつくらい用意してやれたんだ。おまえもだ、人間の原点にたちもどって考えてみるとな、殺すんなら整形手術でもしたあとで殺してくれりゃあよかったんだよ。民主主義はおまえにその誠意を求めてたんだ。おまえが、また国民の一人一人が、そこんとこキチッキチッと押さえようとしないから、何か世の中が帝国主義みたいに殺伐となってきちゃうんだ。この現場写真を見てみろ。よおく自分の目で確かめてみろ」

伝兵衛は金太郎の首根っこをつかまえ、無理やり写真に顔を近づけさせた。金太郎はその殺され方の凄絶《せいぜつ》さに、『キャー』と飛びあがった。

「本人のおまえが驚いてどうすんだ……。しかし、見れば見るほどすごみがあるなあ」

「そうですね」

「テメエ、感心してる場合じゃねえだろうが、いいか、こんな品のない殺し方は、いくら戦争で負けて弱気になったからって、わが日本は、今まで一度も許しちゃいないんだよ。なんとかおまえのプライドを守ってやろうって、カメラマンもぼかしたりして努力したにもかかわらず、それでも汚物がころがってるな、くらいにしか見えないだろうが。みんなが迷惑してるんだよ。発見者の消防団員だって、あんなブスしか発見できなかったのかって、熱海じゃ村八分になってるっていうぜ。新聞だってどうやってとりあげようかって困ってるんだぜ。おれたちだけだよ、親身になって迫り来るファシズムからおまえを守ってやってんのは」

伝兵衛は留吉に目で合図し、金太郎をひき渡した。

留吉はおもむろに始めた。どうやら留吉も役割がわかってきたらしい。留吉が火をつけ、容疑者がムキになり、伝兵衛が油を注ぎ、容疑者を燃え上がらせ、自白に追い込むパターンだ。奇抜な捜査法と聞かされていたが、きわめてオーソドックスだ。留吉は大いに感心していた。

「欲求不満が凝《こ》り固まって、工員は仕事中でも鼻血出すんだってなあ。トルコに通うほど給料はもらっちゃいめえ、それで手ごろなブスを海に誘って欲求を満たす。ところがブスはここぞとばかり結婚を迫る。よくあるパターンだよ。醜女《しこめ》の深情けとか、ブスのオセロゲームとか、中学んとき、古今和歌集とか新古今和歌集とかで習ったろ。ブスってのはなあ、手握っただけでポコポコ子供ができちゃうんだよ。ブスの多産系ってあるのを知ってるだろう。おれはそこんとこに今までおびえてきたおかげで、今のおれの美意識を確立したのよ、ザマアみろ。ほんとおれくやしいんだよ。テメエら熊手みてえに手ひろげといて、うまくひっかかりゃあなんでもいいんだろうが、おれなんかこの年になって好きな女に声もかけられねえってのによお。チキショウ」

「熊田君、きみ何言ってんだ。そういうことは、家に帰ってから日記にぶつければいいことじゃないのか。捜査してんだから、私的なことは慎んでほしいな」

「は、申しわけありません。じゃ続けます。昨日読んだ新聞記事に、子供が生まれてもロッカーにほうり込むしかない悲惨な生活。動転して首を絞める、なんて載ってるが、テメエらどうして週刊誌の読みすぎを丸出しにした、パターンにしかはまらねえまねばっかりやってこれるんだ」

「ちがう、ぼくじゃない、絶対にぼくじゃないんだ！」

金太郎は机をたたき、絶叫し、伝兵衛にすがりついた。

「そう、きみばかりの責任ではない。これは政治の貧困だ。子供一人満足に育てられないこの住宅事情で、なんの福祉国家だ。ぼくは声を大にして訴えたいよ。だからといってヤケッパチになってもいいって法はないんだよ。どうしてそう捨て身になるんだ。え、どうして前向きに取り組もうとしないんだ。逃げ腰になって、『ぼくじゃない』って机たたいても、何も本質的な解決にはならないじゃないか。なぜ若者らしくがんばってみようとしないのかね！」

あくまで伝兵衛の口調は、留吉のたたみこみを見越してやわらかい。

「がんばってるじゃありませんか！」

留吉は伝兵衛の期待どおり、声を張りあげた。

「だったらどうして若い者が、新宿あたりで待ち合わせて海へ行けるってんだ、ああん。一張羅《いっちょうら》をはりこみ、幅広のネクタイでもしめ、車をかっぱらって海へ突っ込む。このくらいの体裁をなぜつけようとしなかったんだ、ああん。よおし、スナックじゃなくって喫茶店で明日海に行こうと約束したところまではわかったよ。そこまでは条件のんでやるよ。おれがあとで部長にたのみこんでやるからさ。いいか、これでさっきの借りは返したぞ。で、新宿のどこで待ち合わせて行ったんだ。新宿だって待ち合わせをするところには事欠かねえんだぜ。だいたい何かあるとおまえたちはすぐ、『新宿で会わない？』なんて言うんだよ。おれの田舎だって町役場なんかに就職しているやつに限って、学生のころ盆や正月に帰省してきて、よくブキ町だのジュクだの三丁目だのとほざいてやがったよ。そんなことだから罪もねえのに、だんだん出稼《でかせ》ぎの街みたいになっちゃうんだよ。さあ、新宿のどこだ。このクソ暑いのに大の男二人が大声を出してんだ、さ、こんどこそ三遊間きれいに抜いてもらうぞ」

「山手線ホーム外回りの、いちばん渋谷よりの売店の前です」

「……ハチ公前も候補に上がったんだろう？」

留吉はこぶしを握りしめている。

「ウン、それと西口公園とね。あら、どうして刑事さんわかるの？　日本の警察ってなんでもわかっちゃうんだな」

「この百姓があ！」

留吉は、金太郎を思いっきりなぐりつけた。金太郎は床にひっくり返ってころがった。

「貴様、ちったあ、ぬけ出ようと努力してんのか。いつになったらその癖が治るんだ。つっぱって、無理でもして一流ホテルのロビーあたりで待ち合わせようとしなかったんだ」

「……百姓のどこがいけないんだ、言ってみろ。百姓のどこがいけないんだ……」

唇をぬぐい、留吉を見る金太郎の目はうつろであった。

絞り出すような悲しい声だった。低く、決して浮上しない、這《は》うような声だった。

「百姓のどこがいけんとね。……オイは百姓ばい、百姓のなんがいけんとね。ゆうてつかあさい、百姓のなんがいけんとね、百姓がなにしたちゅうとね」

「部長、お茶がはいりました」

ハナ子が金太郎に、足ばらいをかけた。

「失礼」

五　凶器腰ひも

「完全犯罪だよ、入り口からすぐ出口みたいな手がかりばっかしで、おれたちが推理を働かせるところはまるでありゃしねえ。やりきれねえよ。事件なんてさあ、犯人のためにあるんじゃないんだよ、おれたち刑事がさあ、解決するよろこびのためにあるんだよ」

捜査室から見える皇居の緑に目を休め、伝兵衛はだれに語りかけるでもなくつぶやいていた。

「熊田さんも、お茶どうぞ」

「はっ、恐縮です。ブタ娘の酔狂で、ガキっぽくフルーツパーラーとでも見栄をはってくれたら、まだしも手がかりの見つけようもあるんでしょうけれども。……とにかく、部長、犯罪の奥行きがないって感じですな。まあ、これだけふくらみのない事件も珍しいですな」

「いや、冗談、冗談。気にしないでください。でも捜査方法はちがっているものの、マキノ君はりっぱな人だと思いますが、何か気まずくなるようなことでもあったんですか?」

「いえ、そういうわけではありません。それは警視庁配属を願い出たとき、新しがりやだとかいろんな中傷は受けましたが、正直な話、マキノ部長刑事の下で働いていて、何かしっくりこないことがたびたびあったんです。いつもこれじゃない、これじゃないと思っていまして。だからここいらで心機一転して一から出直そうかと思いまして」

「そうですか、残念だな。私はね、東京で一旗あげようって、素直に言ってくれたほうが気持ちがよかったんですが。まあ、それは別として、でもね、私のやり方にしてもかなりズレやひずみができていることは否めません。転任早々こんなつまらない事件に出くわすなんて、面くらったでしょう」

「いいえ、つまらないだなんて……。昨夜の汽車の中で事件のあらましは調べておきましたが、なにぶん不勉強なもので」

「そうね、不勉強って感じは最初からしましたね。そうね、きみってつまるところ不勉強なんだね。でもなぜ不勉強なの」

「いや、あの、私は謙遜《けんそん》してるつもりなんですが……」

「なんだい、謙遜してたの。だったら初めっからそう言やあいいじゃないか。だめだよきみ、人を試すようなことしちゃ……まったくもう……おれって人の言葉に影響を受けやすいんだよ、気をつけてね……続けよう」

伝兵衛はバンドを締め直し、扇風機の風をたっぷり浴びてから、金太郎に向かった。

「どうだ、少しは落ちついたかね？」

「ぼくは最初っから落ちついてましたけどね。これ以上落ちついたら、眠っちゃいますよ。早いとこ、犯人としての自覚をもたせてくんなきゃ困んだけどなあ」

「いい度胸してるじゃねえか」

と、留吉が金太郎の肩に手をやった。

「熊田さん、失礼かと思いますが、気安くさわらねえでほしいな。捜査の急所やツボに、たまあにえりくびつかんでくれなきゃ。段どりがわかっちゃうと、ぼく、容疑者としてちゃんと脅えられないからなあ」

と、金太郎もやる気を出していた。

「ま、金ちゃんよ、熊田君も、ゆっくり考えてみようや。ハナちゃん、だれかにアイスクリーム買いに行かせてくれ。みんなでアイスクリーム食いながらやろうや。こう暑くっちゃなあ、大山だって身がもたねえよな。おい熊田、あの扇風機ここにもって来い。……おい大山、おまえも手伝ってやれ」

ようやくアイスクリームが、まだ顔に幼さが残る婦人警官の手で届けられた。婦人警官は何事かハナ子に耳打ちをし、留吉をチラリチラリと見ては、また耳打ちをくり返していた。

「熊田、なにカッコつけてんだ。おめえの噂《うわさ》してんじゃねえよ。もう、おまえは自意識過剰で困るよ。おい、大山、何ニタニタしてんだ。……しかし、こうおコタあたるみたいに扇風機囲んで、アイスクリーム食べるってのもいいな。熊田、おまえんとこ富山だから、こうやって囲炉裏《いろり》をかこんで一家団らんってのやったろ。親父なんか甘《あま》海老《えび》でどぶろく飲んでたろ。そういやあ甘海老食いてえなあ。大山、おまえ食ったことあるか？　こうやってな、ここんとこ剝《む》いてな、醬油《しょうゆ》つけて食うんだよ。これがうまくってよ」

「へえ、熊田さん富山の出身かよ」

「悪いか」

「道理で」

「なんだと!!」

「あなたたちやめなさいよ。張りあうことはほかにもあるでしょう。もう、あたし知らない」

「へー、ハナ子さん、すねるとかわいいね。ホラホラ、ちっちゃい口で食べてんの」

と、金太郎は意に介さず、からかった。

「ハナ子さん独身なんですか？」

「出もどりだ、まあ早い話が」

伝兵衛と留吉と金太郎の軽やかな笑い声が捜査室にこだまする。

「おい、ハナちゃんどこ行くんだ、なんかおれたち、悪いこと言っちゃったかなあ。まあハナちゃんがいなくなったから話すけど、つまりさあ、ハナちゃんは芸者置屋の娘なわけだ。それでよく遊びに来る、ウラナリみてえな呉服屋の若旦那とわりない仲になっちゃったわけだよ。が、相手は、老舗《しにせ》だ、ノレンだ、ロウソクだのわけのわからないこと言いやがる。置屋の娘なんか敷居をまたがせないって、たいへんな騒ぎになってよ、あとはチントンシャンの三味線入りよ。

〽浜町河岸《がし》の小料理屋、浮いた浮いたで大店《おおだな》の
　左うちわの次男坊が、見染めて惚《ほ》れた島田まげ。

恥ずかしうれしの盃《さかずき》に、慣れぬ苦労も主《ぬし》がため。

結うてみせたや丸まげは、しょせん叶《かな》わぬ裾模様《すそもよう》。

どうせこの世じゃ添えぬ身に、賽《さい》の河原の舞い扇。

え、おまえら気がつかなかったか？　ハナちゃんの首んとこに紐《ひも》の跡があるだろう。腰ひも使ったんだよな。二人とも白装束でさあ、いつも腰ひもに慣れ親しんでる呉服屋の息子と芸者置屋の娘、どこへ出したって恥ずかしくない心中だぜ。それでも首絞めの段になったら、力がはいんなかったって言うぜ。おい工員、覚悟できてんだろうな。白い砂、青い海、太陽のまぶしさ。こうお膳《ぜん》立てがそろっててさ、首を絞められたら浮かばれようがないってもんだぜ。腰ひもたあシビれたぜ。いいよ、いいよ、アイスクリーム食べながらでも軽く答えてもらおうか。大山さんよ」

「………」

「おまえただの工員じゃあねえだろ、腰ひもを使いこなしたんだもんな。おれはおまえが入って来た時からわかってたよ。何か過去ある工員なんだろ。そうでなきゃ、腰ひもで人なんか殺せやしないよ」

「いえ、そんな。あんまり買いかぶられると困るんです」

「隠すな隠すな、わかってるよ。言ってみろ、テメエの阿呆《あほ》ヅラからにじみでる劇的な過去をよ」

「ただの工員です」

「すんなりか？」

「すんなり工員です」

「目一杯工員か」

「はい、目一杯工員です」

「ちょっとやってみな、上の句を言うからな、適当に下の句を言ってくれ。目に青葉、山ホトトギス……」

「……野良仕事」

「ほう、やったアララギ派、アララギ工員!!　もうやめよう、われながらバカバカしくなったよ」

「こういうとき恥かいちゃうんですよね。趣味ないもんな……なんかないかなあ」

「いいよ、無理しなくって。たたきゃ、たいていのやつからホコリがでるんだが、おまえ、まるっきしなにもないんだな。……じゃ結局、腰ひもっていう凶器をどうして選べたんだ。出刃包丁とか、アイスピックとか、あるだろうが古典的なやつが」

「そばにあったもんですから」

「ほらこれだよ、『そばにあったもんですから』だって。捜査意欲ってのがわくわきゃないよ。ウナギでもそばにいたら、それで首を絞めてるぜ。ドジョウでもいたら、それで革命やってるぜ、こいつは。あっ、おれめまいがしてきたよ。熊田、あとはおまえがやってくれ」

「部長、しっかりしてくださいよ。大山、おまえいいかげんすぎやしないか。部長ほどのお方が！　部長ほどのお方が!!　『腰ひもがそばにあったから、大山金太郎は山口アイ子を殺した』なんてしまらねえ報告を書けると思うのかよ。いいか、普通の人間だったらな、照れ臭くって腰ひもなんかじゃ人を殺せないんだよ。たしかに凶器に貴賤《きせん》はない。が、見てみな、おまえのお母さんがな、村で『金太郎は腰ひもでしか女を殺せなかった。なんちゅう情けないやつだ。戸籍よごしが』って、一生、後ろ指さされるんだぞ。首を絞めるとき、そういうまわりのことを考えなかったのかよ。こらえ性がなさすぎるんだよ。何か違うんじゃないかなあって、殺意が鈍るべきなんだよ。むしろそれが人間としてまっとうなあり方なんじゃねえか」

「こっちだって必死だったんだよ。そこまで気がまわりっこねえよ。しかたねえじゃねえか、もうやっちまったことなんだから。どうにでもしてくれよ」

「なんだ、そのフテクサレ方は！」

「フテクサレちゃいねえよ。ああ、わかりました。私は至らない犯人でした、申しわけありませんでした。もう、どうにでもしてください、とこう言やあいいんですかい」

「元はといえば、おまえが個人的にやらかした不始末なんだぞ。それをこうやって、親切にグループでつきつめてゆこうとしてるんじゃないか。いいか、手の内言うとだ、腰ひも一本くらいどうとでもなるのよ。だがな、おまえから腰ひもしかありませんでした、よろしくお願いします。私は腰ひもでしか人を殺せないつまらない犯人です、腰ひもででも殺さずにはいられなかったのです。よろしくおひきまわしのほどお願いしますってな、菓子折の一つも持って来るのが常識ってもんじゃねえか。別におれたちは、腰ひも一本のことでおまえにイチャモンをつけようとしてるわけじゃないんだ。だがな……」

「待ってよ刑事さん、熊田さんって言ったっけ、容疑者もおとなしくしてりゃ、なに言われるかわかんないのね。なんか親切ごかしに言ってるけどさ。なに、それじゃぼく、今まで取り調べされてたんじゃなく、イチャモンつけられてたってわけ？　なんだよ、まるでヤクザみたいじゃないかよ。そりゃぼくは人を殺しましたよ。でも人を殺したぐらいで、どうしてイチャモンつけられなきゃなんねえんだよ。なんかぼく、ものすごい凶悪犯って感じね、よくおれリンチ受けなかったよ」

「いや、熊田君は、そんな意味で言ったんじゃないんだよ。腰ひもってことに、ちょっと問題があったわけだ。おれさあ、声にハリがないだろ、あんまりこんがらかさないでくれよ、ハナちゃんおしぼり、持ってきてよ」

「なんだと、部長さんまで……。ぼく、イチャモンのほかに、問題まであったんですかい。ぼくも忙しいなあ。どうして人を殺したぐらいで、イチャモンだの、問題までなきゃいけないんだ。ぼくもさあ、小さい時から貧乏クジばかりひいてるよ。宿題忘れたら立たされるし、こんどは人を殺したぐらいで、イチャモンに問題だよ。なんかぼくすごいワルって感じね。もうヤケクソだ、煮るなり焼くなりしてよ」

「さっ、熊田君、大山さんにあやまって。ハナちゃんおしぼり、うんと冷たいのがいいな」

「なんだよあやまれって、部長さん。あんたが先導して、こういうムチャクチャなことやらしてんじゃないのか。もうホント、警察の秩序ってのどこにあるのかな。おいハナ子、なにボーッとしてんだ、肩でも揉《も》まんか。……まったくもう、気が利かんのだから」

　それから金太郎は、窓を開けて叫んだ。

「ねっ、そこのハトバスの民百姓《たみ》のみなさん！　警視庁では、人を殺したぐらいで、イチャモンに問題だよ！　だれか新聞に投書してよ!!」

留吉と伝兵衛は、必死に金太郎の口を押さえた。ハナ子がポツンと言った。

「小学生の時、宿題わすれると立たされなかったっけ？　人を殺すのと、イチャモンつけるのと、どっちが悪いんだっけ？」

「決まってんじゃない、人を殺すのに」

と、金太郎は舌を出した。

「……このヤロウ、びっくりさせやがって！　どうしました部長？　ハナちゃん、水、水!!　部長があわふいちゃってるよ」

「……おれ、こういう、やたら伸び伸びした容疑者、いやだよ……」

くわえ煙草伝兵衛は、ほとほと愛想がつきたかのように、頭をかかえこんだ。氷のうを頭にあて、うらめしそうに金太郎を見ている伝兵衛をよそに、留吉は宙を見つめ目を寄せて、気力の充実を待っていた。

「……じゃ、この熊田留吉が捜査のイニシアチブをとらしていただきます。熱海の浜辺、午後四時半。その時、大山金太郎と山口アイ子はいかにしていたか、デッサンさせていただきます。あれほどの騒がしさを満していた夏の海も、ついには一組の家族連れを残すだけになる。その家族連れも、子供の手をひき、帰り支度を始める。まだ陽は落ちない。太陽が夕陽になる前の、言葉には尽くせない虚《むな》しさ。やがてその親子の姿も見えなくなる。その非情な虚しさの中に、『幸せだな』と、女はふとつぶやく。期せずしてうつむく二人。小石を拾って真昼の太陽に向かって投げる」

「石投げちゃうの？　このあと、太陽に挑戦させるんじゃないの。ハナちゃん、熊田君に任せたの失敗だったかなあ」

との伝兵衛の言葉も、気負っている留吉には聞こえなかった。

「しかしだ大山、真昼の太陽に向かって投げるなんて、しまらないだろ。小石を拾って、夕陽に向かって投げるんだ。な、だから午後四時半だなんて、犯行の時間が中途半端なんだよ。やりづらくって、しゃあねえんだよ。おれはおまえと賭けてもいいが、おまえが死刑になるとしたら、この四時半という中途半端な時間が鍵《かぎ》になるね。こんな時に、人が殺せる神経を持ってるやつなんて、信じられないからな。人を二、三人殺すよりも、たいへんなことなんだぞ。『真夜中』とか『明け方』とか『白昼』なんて、一般的な殺人の時間帯があるだろうが。言うな、言うな。時間がそばにあったから、って言いたいんだろ」

伝兵衛とハナ子と金太郎の反応はない。しかし留吉は上機嫌に、ウン、ウンとうなずいて、腕まくりしていた。

「まあ心配するな。おれに任せとけ。この留吉さまに。若者は人を殺すのに、時間は選ばないってこと、立証してやっから。でだ、石投げるだろ、水面を伝って輪が二つ、三つ……。おまえ肩が強そうじゃないか。強いだろうって聞いてるんだよ」

金太郎も心配そうに、とりあえずうなずくだけで、あとは時折、伝兵衛とハナ子にすがるようなまなざしを送っていた。

「よおし、強い。な、そこでだ、何キョロキョロしてんだ。おれを信用しろ」

「あの、ぼくは工員でアイちゃんは女工でして、あんまり跳んだりはねたりできませんから」

「何かいちいちトゲのある言い方してくれるじゃねえか。それでさ、アイ子はたとえば、『わっ、すごいな』って、拍手するまではいかなくても、かなり喜ぶよな。おまえも自慢気にふり向くだろ。目と目が合う。『走ろうか！』っておまえは言う。『ウン』とうなずくアイ子、二人は浜辺を走る」

伝兵衛は口をあんぐりとあけてあきれかえっていたが、留吉に向かって、うんざりしたように語りかけた。

「きみ、波の間からドーッとタイトルが出てくるんじゃないのか？　『青春野郎』とか『飛び出せ青春』とか。それだったら殺人事件は起こっちゃいないよ。次の日二人して、することもないから選挙でも見つけて投票にでも行ってるよ。これで、どうして殺人事件が起こるんだよ」

お不動様みたいな形相をした留吉は、真っ赤になって金太郎に詰め寄った。

「どうなんだ大山、走ったんだろうな。おまえの答えよういかんに、おれの刑事生命がかかってるんだからな。どうなんだ」

金太郎の肩をつかんで、激しくゆさぶりをかけている留吉を制しながら、伝兵衛は、

「よしなさいよ、熊田君みっともない。走りましたよ、十年前だったかなあ、吉永小百合と浜田光夫が、目と目が合って浜辺を走って、それっきり日活は落ちっぱなしだよ。きみじゃないのか、戦後走りっぱなしって人は。トランクの中に赤木圭一郎のブロマイドばっかりじゃないの。まだきみ、富山じゃ、日活映画的捜査法ってのを用いてんのかね。今はね、十二、三歳の小娘でさえ、奪われたの、奪ったの、あげちゃったのと言ってる時代だよ」

と、苦笑した。金太郎もニタニタ笑いだした。

「てめえ、何笑ってるんだ。じゃあ殺しの動機は何なんだ、ちゃんと言ってみろ、ちゃんと」

留吉は逆上し、金太郎の首を万力のように、肩をいからせて絞めあげた。それを見

た伝兵衛は、二人の間をとりなすように、

「またもう、やめてよ。動機はなんだと大きな声出したら、容疑者だってびっくりするだけだよ。どこでそんなやり方を覚えたんだ。今まで積み重ねてきたものが、なんにもならないじゃないか。おい、ミュージック！」


照明が消えた。映写機がうなりだす。場面は、雪の太鼓橋である。金太郎と伝兵衛は、伝兵衛は『唐獅子牡丹《ぼたん》』の前奏を待って、番傘《ばんがさ》をさしかけた。殴り込みをかける鶴田浩二と高倉健だ。

「あっしもお供させていただきます」

「…………」

金太郎は、寒そうに作業着の襟《えり》をたてていた。

「惚れているんでしょ」

「ええ」

「どうしてもやりあわなければいけないんですかい？　またどうして？」

「なあに、渡世上の行きがかりってもんです」

明かりがつく。伝兵衛は番傘をしまいながら、何か手がかりでもつかんだように、しきりにうなずいていた。

「ウーン、むしろ言葉にしないほうがいいな。沈黙でいいんだよ。こう、うつろな目で窓の外を見てフッとため息つくだけでいいんだよ。何か、しがらみの中でさ」

「あの、部長さん。容疑者がしゃしゃり出るのも厚かましいようなんですが、ぼく、今何も言わないほうがよかったと思いました。真夏で、午後四時半で、熱海でしょ。どうも『渡世上の行きがかり』とはちょっとちがうような気がしますね」

「だろ、そういうことなんだよ。おれがハナっから言ってるのはそういうことよ。そこんとこキチンと押さえて殺してくれりゃあな、何も問題ないんだよ。なあに、この先のもち込みようじゃあ、雪駄《せった》の一つもはかせてやろうじゃないか。着ながしの一つも着せてやろうじゃないか」

「どうもすみません、いろいろお気遣いさせて」

金太郎は、殊勝げにあやまった。伝兵衛とハナ子はうなずきあって、金太郎の肩をたたいた。このなごやかな捜査室の中で、留吉がじっと唇をかみしめている姿が、窓に映っている。

「しかし今のおまえの『行きがかり』でってのは、志が低いんだぞ。『行きがかり』

ってもんじゃないな。『なんとなく』って感じだった。おれだから大目に見てやったけど、今のおまえの力じゃあ、怨恨《えんこん》関係のもつれとか、痴情関係の果ての『行きがかり』としか見られない。ほっときゃ裁判所で大恥かくぞ。こうね、人間と人間の言うに言えないしがらみね、これが犯人のおまえから絶えずにじみ出とかなきゃ嘘だよ。目は澄みきってるし、額にシワ一つないし、殺人犯としての重責をになえっこねえって、決めつけられちゃうんだ。そこんとこちゃんと矯正《きょうせい》しとかないと、新聞なんかじゃさ『痴情の果てに、工員女工を殺す』ってことになって、すみっこで三行どまりだよ。週刊誌に特集組んでくれるまでの内的な重みとまではいかなくとも、おまえのやったことはなんちってても殺人、ちゅうくらいのもんだから、そうそう見劣りするもんでもないんだ。心理学者二、三人も新聞紙上にひっぱりだす、そのくらいの気概をもて。それでなくても、工員―女工って線で、相当歩《ぶ》が悪いんだから。ハナちゃん、ちょっと新聞社に電話して、こんどの殺人事件は盛りあがりそうだ、容疑者はやる気を出したって連絡しといてよ」

「今からでも遅くないでしょうか?」

「悔い改むるに遅いってことはないんだ。さっきも言ったろ、捜査するおれ、捜査されるおまえのスクラムの組み方さえしっかりしてりゃあ、向かうところ敵なしだよ。

昔、万引きしたやつがいてさあ、恥ずかしくって会社にも行けないって言うからおれが一肌脱いでやって、やっと強盗までこぎつけてやった。そしたらそいつ、すぐ係長よ。渡る世間に鬼はなし」

「なんか元気が出てきたなあ。なんとか盛りかえしを図《はか》ってみます」

「図ってよ、図ってみてよ」

「じゃあですね、ぼくが盛り上がってきたとき目で合図しますから、そうしたら蛍光灯を消して、前みたいにスポットをバーンと当ててください。色のついたやつがいいなあ。後ろから噴水なんかあがると、自白しやすいんだけどなあ。……あっ、すみません」

留吉の目が異様に光っていた。

「……何が？」

「……すぐ甘えちゃって。ぼくはいつ、どんなときでも、どんな刑事さんでも、気持ちよく自白できる犯人であるべきなんですよね。他の犯人の方たちはきっとぼくみたいに手のかからない方たちだったんでしょう。すみませんねえ、でもぼく、力いっぱい自白しますから。どうか自白させてください。ベストを尽くします。初めてなんですこんなに……。ぼくもがんばりますから、みなさんもファイト出しましょうね。人間努力しなきゃいけないんですよね。ぼく、努力だけは上手なんです。いつも『5』だったんです。他にとりえはなかったんですが」

はにかむ金太郎を見ている留吉の目から、怒りの表情が消えた。

伝兵衛は手を握りしめた。

「おれがもうちょっと偉かったら、おれにもうちょっと権力があったら、熱海まで行っておまえに好きにやってもらいたいとこだけど、できないおれを許してくれ。が、できうるかぎりのことはする。この捜査室を、熱海の海岸以上のものにしてやるよ」

「金太郎さん、あたしも及ばずながらお手伝いさせていただきますからね。思いっきり、ぶつかってらっしゃい」

色気にはこと欠いているハナ子が、ことさらシナをつくりながら言った。

「ハイ、ハナ子さん、よろしくお願いしまーす」

「部長、せめてその蛍光灯消す役目は私にやらせてください」

「ありがとう、熊田君。今のきみの一言で、おれは百万の味方を得た思いだよ。その前に大山、おまえにひとつだけ言っておくよ。自慢するわけじゃないけれど、おれは感謝状を百枚、警視総監賞を五十枚もらっているんだよ。来年はいよいよ定年なんだが、政治筋からひきあいが来てるってことも言われてるし、噂だけど、宮中に参内《さんだい》も決まっているそうだ。『ガンバレ警視庁』ってテレビ番組にも、レギュラー出演が決まってるんだ。おれは別に気にしていないけどな、そういうことでおれの評価が変わるわけじゃないからな。くわえ煙草伝兵衛といやあ、たいていの悪党がふるえてたもんよ。この万年筆、これは昭和の怪盗といわれた三浦太郎吉ちゃんのお中元なんだよ。このネクタイピン、これは連続殺人鬼中野イクオ君の女房からのお歳暮なんだよ。つまりおれは人望があるわけなんだよ。残された親族の生活保護、犯人が刑務所出てからの再就職に奔走してたからな。彼らはそれ相当の期待にこたえてくれたもんさ。手に汗にぎる格闘、心の読み合い、不眠不休の会議。来春は『くわえ煙草伝兵衛捕物帖』という出版の話さえも来てるんだ。おれのこの日常に立脚した捜査日誌、決して観念的でなく、人間の心象を詩的センスと教養、それに類《たぐい》まれなる直感で描く。しかしね、おまえのは条件が悪すぎるよ。まず工員—女工だろ、熱海—腰ひもだからな。いまさら、もう少しなんとかできなかったのかって泣きごと言っても始まらない。行き届かなかった点も多々あるが、それにしてもひどいよ。みんなね、道具だてだけは気を遣ってたもんだ。三浦太郎吉ちゃんなんか、ほれぼれするほど裏をかいてくれたもんだ。親戚一同総動員して企んでくれたもんだよ。かといって『犯人は現場にもどる』『目撃者を疑え』なんて基本だけはないがしろにしなかったもんだよ。一度なんざ、フロイトの心理学抜けがけしやがって、おれが大恥かいたことも今は楽しい思い出さ。その敗北でおれは出世の道を閉ざされたが、ナニクソという気力で勉強したからね。その時の爽快感《そうかい》は、言葉に言い表わせないもんだよ。日本で犯罪捜査に実存主義をもち込んだのはおれが最初なんだよ。つまり大船に乗ったつもりで、心おきなくやってほしいってことなんだよ」

六　殺しの再現

ハナ子は、被害者山口アイ子の写真を前に変装を始めていた。

明かりは、伝兵衛に微妙に焦点を合わせて徐々に暗くなり、その言葉の終わりとともに一瞬消えた。闇《やみ》の中で留吉の耳に『カシャッ』というカセットレコーダーのスイッチの音が聞こえ、と同時に波の音と海水浴に戯れる人々の声が聞こえた。それらもだんだんと静まってゆき、甘いムードミュージックが捜査室に流れてきた。

金太郎は机に腰をかけて待っていた。

ぼんやりとしたスポットライトに、まるでレストランの弾《ひ》き語りのようにほほ笑みさえ浮かべながら、金太郎が浮かびあがった。

「……バスから降りて歩きました。とても楽しかったことを覚えています。『海を見よう』ってあれほど悲しそうに言っていましたから。でも、ぼくは不安だったのです。

今考えると、海を見てしまったらきっと何かが終わるのではないかと、歩きながら思っていたんでしょう。見たい見たいと思いながら、見ようとする意志をもつことは、ぼくたちにとってはいけないことだったのかもしれません。そんな気がします。松林を抜けて浜に出ました。海水浴場を避けて、あまり人影のないところを並んで歩きました。煙草を吸おうとしてマッチをすっても、風が強くてなかなか火がつかなかったことが、不思議とぼくの目に今でも焼きついているのです。でも、体を丸くして風をさえぎってくれたその時の彼女の表情が、どうしても思い出せないのです。ぼくたちはあの時、あれほど幸せだったのに……。とても悲しかったことは、ぼくたちの話す言葉は、つらい職場やいやな寮生活の恨《うら》み事でしかないのです。そしてお決まりの、お盆になったら田舎に帰ることを、彼女は楽しく話してくれました。そしてぼくが職場を変えることも、うれしく聞いてくれたのです。でも、ほんとうは田舎に帰ることも職場を変えることも、ぼくらは信じてはいないのです。ほかに話すことがないから、仕事を変えるのだと気負ってみるのです。そしてきっと仕事を変えるのです。……座ろうか？」

「うん」

ハナ子は屈託なく、金太郎のそばに座った。が、その時、音楽が止まった。

「待ってよハナちゃん。『うん』はないだろ、連れ込み旅館に入ろうかって言われてんだぜ、信じられないよ。熊田、何してんだ、明かりをつけろ」

その声とともに、カセットテープレコーダーや、波の効果音を出すための豆を入れたザルや、風の音を作る巨大なうちわや、何に使うのかレンタン火鉢《ひばち》までかかえ、チンドン屋のようないでたちの伝兵衛が、日の丸のハチマキもりりしく立っていた。

「それに、なんですんなり座れちゃうんだよ。調書をちゃんと読んだのかよ。被害者はミニスカートをはいてたんだぜ。大山、おまえだって気遣ったんだよな。砂浜に座るんだもん、ミニスカートじゃ、あそこに砂が入ったらどうするんだって」

「ハイ、……何か照れ臭くって。すみません、ハナ子さん」

「おまえがあやまることないよ。照れ臭いよ、照れ臭いじゃないか、『座ろうか』だなんて。別に座ることが目的じゃないんだよ。なんとなく間《ま》がもたないからの『座ろうか』だろ。それをドスンと座っちゃう、ハナちゃんの神経疑いたいよ。もう一度やってみろ。ちょっと待て、カセット巻きもどすから。いかんなあ、ハナちゃんからそんなんじゃ。大山、おまえはよかったけど、もうちょっと、歩く時の松林とか潮風とか、ちゃんと感じを出してくれよ」

「はい、出てませんでしたか？」

「もっとオーバーにやってくんなきゃわからねえよ。熊田、ボサッとしないでおれからいちいち合図されなくったって、蛍光灯ちゃんと消してくれよ。おれはカセットやら何やらで忙しいんだから。さ、いくよ」

伝兵衛の鼻息は荒くなった。

ふたたびスポットライトに、二人が浮かびあがった。

「座ろうか？」

「うん」

ハナ子は、金太郎から少し離れたところに腰を下ろした。またしても、伝兵衛のドラ声が、捜査室に響きわたった。

「ヤメロ、もう見ちゃいられねえよ。ダイコン、ニンジン、カボチャ役者め。ハナちゃん、あまり恥かかせないでくれよ。何年警察官やってるんだ。ホントにエンジンがかかるの遅いんだから……。それは段取りで座ってるんじゃないんでしょ。被害者になりきっちゃいないよ。どうでもいいとこだけど、こういうとこキチンキチンと埋めてゆかないと雑になっちゃうんだよ。明確なさあ、目的意識がないにしても、ただ気詰まりだから座ろうと言われてハナちゃんが座ることにおいてもだよ、何か批評行為が入ってなきゃいけないんだよ。それじゃあ被害者を馬鹿にしていることになるんだよ。しかもアバズレみたいな座り方して」

「そんなに観念的に言われてもわかりませんわ」

と、ハナ子もいきりたっていた。

「どこが観念的だよ。早い話がさあ、いいか、男と女が座るんだよ、今みたいに二メートルも離れて座るわけないだろ。手ェ伸ばしゃ肩を抱ける位置に座るだろうが。やろうと思えば押し倒して強姦《ごうかん》でもできるんだよ。すまんな大山、勝手なこと言って」

「いや別に。ぼくは大丈夫です。ハナ子さん、気を落ちつけてやりましょうね」

「………」

ハナ子はついにフテクサれて、伝兵衛に向かって歯をむいていた。

「チェッ、容疑者に演技指導されてりゃ世話ないよな」

と、よせばいいのに伝兵衛が追い討ちをかけた。般若《はんにゃ》のような形相で、伝兵衛をギラリとにらみつけているハナ子を、あわてて金太郎がとりなした。

「まあまあ部長さん、いいじゃありませんか。ハナ子さんも一所懸命やってるんですから」

「よくないよ。おれたちゃ生身の人間相手にしてんだぜ。大山、おまえを自白させるにはおれたち警察官のほうにも、容疑者に自白させるに足るだけの人間性が必要ってことなんだよ。そうでない自白なんて嘘っぱちに決まってんだ。そこんとこをハナちゃんにも、胸に刻んどいてもらわないことには」

伝兵衛の言葉が終わらないうちに、留吉が蛍光灯を消した。伝兵衛もしかたなく言葉を切り、カセットのスイッチを押した。甘いムードミュージックがまた流れてきた。

「座ろうか？」

「……うん」

「初めてだよ、東京に来て」

「何が？」

「熊田何してんだ、早く明かりをつけろ！　なんで今、明かりをつけなかったんだよ。今の『何が？』っての、何かこっちに響いてくるものあったか？　迫ってくるものがあったかよ」

「……ハア、申しわけありません」

留吉は、守宮《やもり》のように蛍光灯のスイッチにはりついて、もじもじしていた。

「申しわけありませんじゃないよ。おれ一人が捜査してんじゃないんだよ。わざわざ富山から高い旅費払って、きみにあやまりに来てもらったわけじゃないんだよ。蛍光灯つけたり消したりするぐらい、骨惜しみせずやってくれよ。ハナちゃんもだよ、『何が？』ってそう問いつめちゃうの、やめないか。大山が答えられなかったら、インネンでもふっかけるつもりだったのか？　大和撫子《やまとなでしこ》の恥じらいってのは、どこへ行っちゃったんだろうね。どうして出だしでこんなにつまずくんかね」

ハナ子は口を「へ」の字にして、うなずきもしない。

「まあまあ部長さん、いいじゃありませんか。ハナ子さん、気を取り直してやりましょう。熊田さん、ぼくに何か悪いとこあったらスグに明かりをつけてください」

金太郎は、えらく物わかりがよかった。

「いい部下持ちたいよ。わかってるのは容疑者の大山だけじゃないか。どうなってんだ、この捜査室は」

「いいですよ。元はといえば、ぼくのやらかした不始末を、みんなでこうして補っていただいてるんですから。むしろありがたいとさえ思っています」

「おまえにそう言われると弱いな。それじゃ、またやってみるか。さ、熊田、蛍光灯消して」

「ハイ」

「『何が？』っていうのは、こうなんというか、下駄《げた》をあずけるというか、どうにでもなれというか、軽く包み込むようにね。ハナちゃん、頼りにしてるよ」

伝兵衛はハナ子に向けて、まばたきをした。本人はウインクのつもりだったのかもしれない。

「初めてだよ、東京に来て」

「……何が?」

「海に来たのは」

「あたしも」

伝兵衛が、とっておきの声音《こわね》で、ナレーションを入れる。

「松林はひとしきりの沈黙を保っていた。……熊田、おまえだよ、何ボサッとしてるんだ!」

「は、はい。焼けた砂に手で触れると快かった。男は!!」

「アイちゃん!!」

金太郎は、留吉の声の大きさに驚いて、反射的にハナ子に抱きついた。

「いやよあたし!!　……お嫁に行けなくなっちゃう!!」

伝兵衛は頭から湯気を出し、スポットを留吉に向けた。映し出された留吉は、申しわけなさそうにうつむいたまま蛍光灯をつけた。

「コラ熊！　どうして『男は!!』なんて意気込むんだ。何度言ったらわかるんだよ、大山は職工フゼイなんだろ、『男は!!』なんて浮わつかせたら、迫るしか能がないんだ。おまえだってホテルへ行って、女中さんがお茶を持って来るまで待つだろうが。それにハナちゃん、コラ、ハナ子、おまえだよ。『お嫁に行けなくなっちゃう』ってのは何？　いまどき『お嫁に行けなくなっちゃう』なんて、だれがカマトトぶれるんだ。それは明らかに被害者に対しての侮辱だよ。大山、気悪くすんなよな」

「いえ、いいんです。あんまり熊田さんたちを叱《しか》らないでください。でも『男は!!』なんて掛け声かけられたら、アセっちゃいましたよ。なにしろぼく、工員でしょ。しかしまいっちゃうなあ、『お嫁に行けなくなっちゃう』だからなあ。アイちゃんだって浮かばれないよ。ちょっと煙草くれませんか？　しかしまあ、部長さんだけですね、何かわかってらっしゃるのは。いい部下持ちたいなあって言ってたけど、これじゃうなずけるとこもあるな。部長さんだけですね、安心してぼくを任せられるのは。……何をしてんの、スグ火をつけてくんなきゃ。ちょっとおだてると、もうこうだから……。おやあ、なんか殺気を感じるみたい。だめだよ、もうちょっとリラックスしなきゃ……みんな、そんなしかめっ面してちゃ、ぼくも自白しづらいんだけどなあ」

顔を真っ赤にし、頭から湯気を出している伝兵衛は、うだった赤猿《あかざる》といった趣きがあった。

「火を貸してやったっていいんだぜ。バカヤロウ、張っ倒すぞテメエ！　なんて態度しやがんだ。おまえのために警視庁のエリートが努力してやってんじゃねえか。まったくほっときゃ何するかわかんねえ野郎だな。いいか、おまえだって『男は!!』なんて決めつけられてもさ、『あ、カニだ』ぐらいに言って、はずそうと思えばできるだろ。当事者ってのはおまえだけだし、もうちょっとちゃんとリードしろ。それを安っぽく尻馬《しりうま》に乗りやがって、カケヒキってのがまるでないじゃないか、大山」

「カニ出しゃいいんですね」

金太郎は鼻にシワを寄せて答えた。

「なんだよ、そのフテクサレ方は。そんな身も蓋《ふた》もない言い方はやめろよ。貝殻《かいがら》とかコーラの空き罐《かん》とか、サックの使いふるしとか、海辺にゃ小道具に事欠かねえだろうが」

ふたたび舞台は進行し始めた。

「松林はひとしきりの沈黙を保っていた」

「焼けた砂に手で触れると快かった。ウォホン……男は」

留吉は、こわごわ伝兵衛にお伺いをたてたが、闇《やみ》の中にドングリ眼《まなこ》が二つ、光っているのを知るのがやっとだった。しかし、伝兵衛が怒鳴りもしないところをみると、トーンは正解だったんだろう。留吉は胸をなでおろした。

「アイちゃん」

「……なあに」

「なんでもない」

「あ、ずるい、言いかけてやめるなんて。さあ何よ、言いなさいよ」

「なんでもないってば」

「……いじわる」

次第にムードが高まってきた。留吉のナレーションにも力が入る。気がつくと、金太郎とハナ子をおしのけて、留吉は、舞台の中央に進み出てスポットを浴びていた。

「熱い砂、松林のざわめき、青い海、透けるような空!! 太陽がまぶしい、まぶしすぎる!!……今朝ママンが死んだ。まさか、いやそうなんだ。そうか、そうだったのか。

大山金太郎はヨーロッパの不条理を越えた。そうだ、日本は今、西洋を大きく越えたのだ。大山君、ぼくはこれからきみを大山金太郎とは呼ばない。大山ムルソーと呼ぼう。ねっ、部長やりましたね。日本の殺人事件も、いよいよ世界の檜《ひのき》舞台にあがれるようになったんですね」

一人興奮している留吉を尻目に、伝兵衛は、

「金坊」

「かあちゃん」

と、すかさず金太郎が受ける。とどこおりはない。

「ほらあ、すんなり『かあちゃん』じゃないでしょ。熊田、どこがママンなんだ、何がママンなんだ。お茶づけ食ってどこがママンなんだ。タクアンボリボリ食って、どこがママンなんだ。『かあちゃん』じゃないのか。日本の風土にムルソーなんて巣立つはずがないよ」

「しかし私は燃えましたよ」

興奮さめやらぬ留吉も、負けてはいなかった。

「刑事が燃えてどうするんだ。容疑者が燃えなきゃだめなんだよ。たとえば結婚式で、新郎とはりあって仲人が燃えたらどうなるんだ。いいか、熱海ってとこは農協が団体旅行に来るとこだぞ。アルジェっつうのは、ヨーロッパの知識人がバカンスを楽しむ

とこだぞ。農協とバカンスとどうつながるんだ。きみね、もうちょっと地に足をつけたところで考えてくれよ。もう石を投げさせて浜辺走らせてんだから、十分だろが」

「熱い砂、松林のざわめき、青い海。……つぶやくように」

「……つぶやくように」

にがにがしそうに、声を押さえて留吉。

「いじわる」

「そうじゃないさ」

「そうよ。……あたしのことなんかちっともわかってくれないのね。……金ちゃんはずるいんだから」

「なんかさあ、死にたいよ」

「どうして？」

「もうイヤんなった」

「死のうか」

「……えっ、あの部長さんこの人……」

金太郎は、ハナ子の意外なセリフにとまどい、そばで成り行きを見ていた伝兵衛にすがりつこうとした。

「あっ、ヨットだ」

ハナ子は自分の演技に、完全に酔っている。金太郎は泣きだしそうだ。

「あんたまで燃えなくていいんだよ、これはぼくの事件なんだからね。ちょっとちょっと、容疑者はぼくなんだよ」

「ねえ、あそこよ。おーい、おーい！」

ハナ子は、ちぎれんばかりに手をふっている。上気したおもちの留吉も、ここを先途とそれに加わり、声を張りあげた。

「呼ぶな……気安く呼ぶな。おーいヨット、波の間に間に白いヨット。若者の愛と冒険、そして夢。青春の狭間《はざま》にヨットを見たのか。しかしそれは幻影だ。幻影こそ真実だ。よかったよ、よしもう殺せ殺せ。ハナ子さんもよかったよ、おれも泣けたもんな。大山、おまえもよかったよ。今日からおまえをアキラと呼ぼう。そしてハナ子さんはルリ子だ。ね、部長よかったですよね。日活はこれでよみがえったでしょう」

「……うん」

伝兵衛は目をショボつかせている。ハナ子が、おかまいなしにまくしたてた。

「ちょっと大山さん、迫力に欠けたけど、あたしがその気になれば殺されてもいいなあって気がしたわよ。……でも、やり過ぎだったかしら？」

伝兵衛はとうとう、その場にへたり込んでしまった。

「そんなことないよ、ハナちゃんよかったよ。大山もよかったなあ、おまえ、とうとう文部省推薦の殺人犯人にされちまって。ついでにハナちゃん、そのお祭り男と二人して浜辺を走ってごらん。……路線をかえてよ。松竹でやってよ松竹で、文芸物でしっとりやろうよ、お願いだから。すんだら、宍戸錠でも二谷英明でもなんでも好きなだけ、だしてあげるから。ねっ、だから今は捜査に打ち込もうよ」

ガックリ肩を落としている伝兵衛に、金太郎も力なくささやいた。

「……あの、部長さん……どっか選挙やってませんか？　なんか投票に行きたくなっちゃったな。あのね、ぼくね、よく考えたら、アイちゃんを殺してないような気がするんですけど……」

「そりゃ、どういうことだ、おまえ？」

情けなさそうな声が答えた。

「ぼくやはり無理です……実力がだしきれません。別に熊田さんとハナ子さんのせいだとか言ってんじゃないんです。……ぼくどんなにがんばってみても浜辺を走れないし、ヨットに手をふれないと思うんです。工員ですからね」

「おまえ何言ってんだ、いまさら弱音吐いてどうするんだ」

「ぼく無実でいいです……。帰してくれませんか？」

「何言ってんだ、おまえ、いまさらそんな。おまえを崖《がけ》から突き落とすなんてまねができるか。おい、あんまりおれを悲しませること言うなよ」

「でも……」

伝兵衛は、金太郎の肩をやさしく抱きながら言った。

「わかったわかった。熊田君、ハナちゃん、こっちへ来たまえ。きみたちはそれでも警察官かね。容疑者をここまで追い詰めて、なんとも思わないのかね」

ハナ子と留吉は、二人並んでうなだれている。

「ごめんなさいね、大山さん。あたし軽率だったわ」

「すまん大山君、つい……」

「ほら、熊田君もハナちゃんもこうやって頭を下げてんだから、ここは一つこらえてくれや」

それでも、金太郎はまだ不満らしく、椅子の上に胡坐《あぐら》をかいていた。

「みなさんも知ってらっしゃると思いますが、ぼくが熱海の警察で途中で尋問打ち切りになったの？……聞いてませんか？　熱海の刑事さんたちがあんまりワケのわからないことばかり言うから、ぼくも頭に来て『サバ折り』してやったんです。軽くやったつもりなんですけど、背骨が折れて全治二週間だって言ってました。……あの刑事さん今ごろどうしたかな、気の毒しちゃったなあ」

「おいおい、あんまりおどかすなよ、ハハハ」

「この部屋暑いですね」

金太郎は鼻クソをほじくっては、指先でそこいらに飛ばしはじめた。

「ハナちゃん何してんの、扇風機こっちへもって来てあげて。すまんな大山、気が利かなくって」

金太郎の増長は果てしなかった。

「部長さん、ちょっと耳を貸してよ。ほかにいないの、かわいい娘《こ》？　容疑者が自白しやすくなるようなさ……警視庁には婦人警官いっぱいいるんでしょ」

「………？」

「おれさあ、好みのタイプってのがあるんだ。自白にも色つけるからさ……」

椅子にふんぞり返っていた大山が見あげると、鼻から蒸気機関車みたいに息をふく、三人の顔があった。

「おや、またすごい殺気」

七　詰め

「つまりなあ、おめえらがキレイごとで片づけようとしちゃうから、容疑者からつけ入られちゃうんだよ」

留吉とハナ子を前にし、新聞紙を丸めて、一言一言金太郎の頭をたたきながら伝兵衛はぐちっていた。

金太郎は目のまわりのアザを、ぬれタオルで冷やしていた。

「つまりよお、ハナちゃんは襲われよう殺されようとかかってるからだめなんだ。むしろ襲い、殺すというように主体的になってみろ。熊田、おまえだって、殺人なんか起こらなかった、いや起こさせないというぐあいに認識を改めろ。それをものともせず、金太郎が殺せたら本物だ。この事件の依《よ》りどころは死体があるだけのことだからな。殺人事件があったという幻想に、安住するな。どっちも負けるんじゃねえぞ」

スポットライトの交差する中、ムードミュージックが流れる。

映しだされる二つの影。

「いじわる」

「そうじゃないさ」

「そうよ。……あたしのことなんかちっともわかってくれないのね。……金ちゃんはずるいんだから」

ハナ子は色っぽい流し目を、金太郎に送った。

「………」

ドギマギした金太郎は、まったく声にならない。

「金ちゃん」

ハナ子が突然、金太郎に抱きついた。金太郎はまるで、コレラ患者に抱きつかれたかのような悲鳴をあげ、必死にもがいた。

「だめ、だめだよ。やめて、放してくれ」

「好きよ!!」

ハナ子は金太郎を押し倒し、顔を近づけた。ハナ子の鼻の穴が金太郎の目にズームアップされる。間一髪のところで金太郎は、首をねじってハナ子の唇《くちびる》をよけた。勢い余ってハナ子は、したたか顔を床にぶつけた。

「いや……あの、すいません、つい」

しどろもどろの金太郎を見すえ、ハナ子は憤然とした表情で、蹴《け》りつけた。伝兵衛も負けじと蹴りつけた。

「やめんか、このアホンダラが！　なんでテメエが女から蹴られなきゃいけねえんだ。熱海は貫一がお宮を蹴っとばして、男の純情を貫いた由緒《ゆいしょ》正しい所なんだぞ」

「怖かったんです、ハナ子さんの顔が」

「怖かったって、アイ子はもっとヒデエ顔してるぜ、まったくもう。で、ブタ娘から迫られても、おまえは蹴りつけられるのが関の山なんだろ。どの辺から力がでて、首絞められたんだ」

「ですからぼくは……」

「よおし、もういい。ヤメだヤメだ。ハナちゃん、熱海署に連絡して、現場近くの松林に、浴衣《ゆかた》姿の死体をひとつころがしとくように言っといてくれ。で、おまえは、アイ子がほかの男と熱海の温泉旅館に行くということを知って、それで跡をつけ、隙《すき》をうかがい嫉妬《しっと》に狂って殺した、というふうにしよう。もう、これでいい。『嫉妬に狂って殺した』って言うんで文句ねえだろ」

伝兵衛のカンシャクを、ハナ子がなだめようとしていた。

「だめですわ、部長」

「いいよいいよ、この際だから。もう、どうしようもないじゃないか」

伝兵衛までが、フテクサれてしまった。

「だめですわ、部長。定年まであと一年じゃありませんか、がんばりましょうよ。今日の日までそんないいかげんなまねして来なかったことが、どんな事件でも、図式どおりには解決して来なかったことが、部長の唯一の誇りだったじゃありませんか」

ハナ子の熱弁に、伝兵衛も少し気をとりなおしたのか、気弱な声を出した。

「……しかしハナちゃん、おれはもう疲れたよ」

「熊田さん何してるのよ、部長をお止めして。部長、あたしも一所懸命やりますから。さ、大山さんいらっしゃい。はじめっからもう一度やってみるのよ。熊田さん、何してるの。あなたも手伝ってよ」

西日が伝兵衛を悲しく照らしだしていた。

捜査室は、またもや熱海の海岸に変貌《へんぼう》する。

「いじわる」

「そうじゃないさ」

「そうよ。……あたしのことなんかちっともわかってくれないのね。……金ちゃんはずるいんだから」

「アイちゃん」

肩を抱き寄せようとする金太郎。

「だめ、だめよ」

あらがうハナ子。

「アイちゃん。ぼくは……」

ハナ子が逃げる。

金太郎はブラウスの袖《そで》をつかまえる。袖が引きちぎれた。

伝兵衛は不意に立ちあがり、カセットのスイッチを押した。

くわえ煙草伝兵衛が秘技、ミュージカル『熱海で殺して』の場の始まりである。

〽それは熱海、熱海
　熱海で咲いた恋物語
　耳を澄ましてごらん

聞こえてくるだろう
あの海鳴りの音が
それは熱海、熱海
熱海に散った恋物語

目をつむってごらん
浮かんでくるだろう
波のまにまに咲く夢が
それは熱海、熱海
熱海に咲いた恋物語
熱海に散った恋物語

伝兵衛と留吉はリフレインをつけてやり、場を盛り上げた。
ハナ子は金太郎をかばいつつも、乱れることなくステップを踏んでいる。

不格好でこそあれ、金太郎は必死だ。

歌の終わりが近づいた。

不安気に招くハナ子にやっと追いつき、金太郎は腰ひもを拾った。

ハナ子はタップを終え、きれいに着地した。

が、金太郎はステップを踏みちがえ、足がもつれてころんでしまった。

「熊田さあん。あたしがんばったのよ。……一所懸命やったのよ」

ハナ子は熊田にすがりついて泣きじゃくっていた。

「よしよし。わかってるよ。大山のバカ、おまえは集中力が足りないんだよ！　いいんだよハナ子さん、泣かなくても。きみは警察官としての職務をりっぱに遂行したんだから」

さすがの伝兵衛も声を嗄《か》らし、口唇《こうしん》まで青ざめていた。立っているのがやっとのようだった。

「とにかく三十五年間のおれの捜査活動の、ありとあらゆるやり方をとり入れてみたつもりだったんだけど、どうやらだめだったみたいだね。……大山、おまえ本当に殺したのか？　どうもねえ、犯罪者として役者が不足って気がしないでもないんだよな。

なんかさあ、つくりあげてくるもんが何もないんだよ。今の日本で、おまえが殺人を犯す方法は考えられないね。ほんとにおまえが殺人をやったとしても、だれも立証することはできないだろう。おまえねえ、パチンコやってて、人相が悪いってことでまちがってフンづかまったんじゃないかって気がするんだよな」

と、伝兵衛は完全に金太郎を見放していた。

「……かなり内的に葛藤《かっとう》はしてるんですが……」

と、金太郎がなんとかくいさがろうとしても、伝兵衛は受けつけなかった。

「……おまえは犯人じゃないよな、きっと。そうだ、疑わしき者は罰せずって言うからよ」

「いまさらそんなこと言われたって困りますよ」

「困るならどうしてあたしが振り向いたとき、こう一回ターンしてツーステップ踏んでから、首絞めなかったのよ」

と、ハナ子は泣きはらした目で金太郎につっかかってきた。

「だって足がからんじゃったんです」

「さっきだって、『ぼくじゃない、ぼくじゃない』って、かなりリアルに連発してたじゃないか。なんとか望みをかけたおれがあさはかだった。おまえじゃないよ。おまえの容疑は晴れたんだ。おまえはシロだ。オメデトさん、もう帰っていいぞ。熊田君、お送りして」

「はい、承知しました。来い、無実の人」

「無責任すぎますよ。ここまでやらせといて帰れったって、このまま健全に職場復帰できると思ってるんですか。送別会開いて、餞別《せんべつ》までくれた同僚に合わせる顔がありませんよ。ぼくだって立場ってものがあるんだ」

「ステップ一つ踏めなくて何の立場があるというのよ。フン」

「さあ帰って笑いものになれ」

と、留吉は得意げだ。

「だいたい、だめだったやつに限って立場とかなんとか小理屈をぬかし、ひでえやつに限って捜査法にいちゃもんつけたがんだよ。何してんだ、部長さんが帰れっておっしゃってるだろ。おまえの容疑は立派に晴れたんだぞ。さ、帰れ。部長、私が腕によりをかけて、容疑者の身元を洗い直して、ちゃんとしたやつをひっぱって来ますよ」

「頼むよ熊田君、きみだけが頼りだよ。気だてのいい容疑者を連れて来てくれよ。あんなできそこないじゃなく、上品なやつを。捜査のしがいがあるやつをね。ハナちゃん、塩まいてくれ」

「ぼくはここを動きませんよ」

と、金太郎は椅子にしがみついた。

「このヤロウ、おまえは犯人じゃないんだぞ。犯人じゃないやつを犯人じゃないって言って何が悪いんだ。おまえは無罪なんだぞ。喜んで帰りゃいいじゃないか。これは犯人様の座る椅子なんだぞ。犯人様ってのはなあ、かなり複雑な十三階段の昇り方してピョンと飛び込まなきゃいけないんだぞ。おまえにそれができるか」

と、留吉は、金太郎の手をひっぱった。

「できるもん」

「できない、できない。できないとわかったもん」

「ぼくはここを動きませんよ。ええ、動いてなるものですか。このまま、おめおめ引き下がりょうか。ハンストも辞さない覚悟だぞ。あんたら職務怠慢だぞ、世論に訴えてやる」

「このやろう、居直りやがって、ふてえやろうだな。日当でももらおうってのかい。さあ来い、目ざわりなんだよ、おまえは」

「おっ、職権濫用《らんよう》」

「いい言葉知ってるじゃねえか。そろそろ濫用を乱発してやろうと思ってたんだ。さあ、痛い目にあいたくなかったら、さっさとけえんな」

「こうなりゃ持久戦にもち込んで、警察権力がいかに堕落した容疑者を健全な市民だと偽っているか、声を大《だい》にしてぼくは世間に糾弾するぞ」

「警察をゆする気か」

「弁護士を呼ぶぞ」

「何の弁護するんだよ。無罪のやつにどういう弁護するんだよ。フンづかまって弁護士の一人も来てもらえなくて、さぞかし職場じゃほめてくれるだろうよ。まあ、一生下積みの生活をやってもらうことだな」

金太郎は泣きだした。

「熊田なにやってんだ。早くたたき出さんか！」

伝兵衛の語気はきつかった。

八　帰って来た犯人

陽《ひ》は大きく西に傾いている。

警視庁から近くの、皇居前広場の一画に金太郎は座っていた。アベックの姿が、ちらほら見えるようになると、金太郎は、いたしかたなさだけをかみしめていた。

どうして人並みのことが、人並みにできないんだろう。人に迷惑ばかりかけている自分が、うらめしくさえあった。

黄昏《たそがれ》が迫ってきた。

もうすぐ捜査室も閉まってしまうだろう。早く決心しなければ。握りしめた手に、汗がにじんできた。金太郎は立ちあがった。もし間に合わなくとも、一人でやるんだ。今からでも遅くはない、やり直すんだ。一晩じゅうかかってもいい、納得がいくまでやってみよう。自分はなぜ、アイ子の首を絞めなければならなかったのかを。そして明日の朝、部長さんたちに見てもらおう。怒鳴りつけられるかもしれない、相手にしてくれないかもしれない。でも……。

あたりは暮れなずんできた。

街路灯に明かりがついた。

熱海殺人事件の容疑者大山金太郎は、ふたたび警視庁の階段をふみしめていた。だれも金太郎に気づくものはいない。

金太郎は立ち止まった。

捜査室はすでに暗くなっていた。

とにかく、松林をぬけて二人で座ったことは確かなのだ。

「座ろうか？」

「……………」

「はじめてだよ、東京に来て」

「…………？」

「？……海に来たのは」

「あたしも」

ハナ子さんだ。

「松林はひとしきりの沈黙を保っていた」

部長さんもいた。

「焼けた砂に手で触れると、快かった。……男は」

熊田さんだ。みんな待っててくれたのだ。

「アイちゃん!!」

「……なあに」

「……なんでもない」

「あ、ずるい、言いかけてやめるなんて。さあ何よ、言いなさいよ」

「なんでもないってば」

「いじわる」

「熱い砂、松林のざわめき、青い海。つぶやくように」

「いじわる」

「そうじゃないさ」

「そうよ、……あたしのことなんかちっともわかってくれないのね。……金ちゃんはずるいんだから」

「アイちゃん」

「やめて」

「アイちゃん、好きなんだ」

「だめよ、きらいよ！……ごめん、ごめんなさい」

「すまない、オイが悪かった。すまない、悪かった」

首をうなだれ、正座してあやまる金太郎だった。

「……何が、何がすまないの？　何が悪かったの？」

「だから今したこと。すまない、ごめんね」

「だから、何がすまないか聞いてるの。ねえ金ちゃん、何が悪かったの？」

ハナ子は執拗《しつよう》に詰問した。

「だから、あの、すまない。いつもこんなことないんだけどね……おかしいね。へへへ……」

「なにがおかしいのよ、ねえ」

「だから今やったのが悪かったって言っとるじゃろうが!!」

「あたし帰る」

「……送ろうか」

「いいわよ、めんどうでしょ」

「待ちない！」

声は小さいが、五臓六腑《ごぞうろっぷ》にひびきわたるほどの重さを持っていた。

伝兵衛は、はじめて煙草をくわえた。

「……何がめんどうなんね。何がめんどうなんね、アイちゃん。たかが通りまでばい、たかがバス見えんようになるまでばい、砂に足ばとられち、アイちゃんのあとからついてゆくおいが、そぎゃんめんどうなことなんね。海が見たいって肩すぼめたアイちゃんを、世界じゅうでいちばんかわいいと思ったこのオイが、そぎゃんめんどうなことなんね。アイちゃんと海来んじゃと、一晩じゅう眠れんかったとばい。それをアイちゃん、めんどうちゅうとね」

「めんどうなんよ!!」

ハナ子もまた、確かなものを予感していた。

「なしてね。アイちゃんじゃろうが、海見たいちゅうたのは。海連れて来たじゃろうが……」

「こげんとこいやばい。こげん熱海なんかいやばい」

「なんゆうちょっとね、アイちゃん。よか海じゃろうが。村長さんゆうとったばい、熱海はよか海じゃ、よか温泉場じゃ、ゆうとったばい。アイちゃん、あれがお宮の松ばい。そのこっち側に大きなやつがあるのが、ニューハトヤホテルちゅうとよ。で、こっち側にあるやつが、大野屋ちゅうとよ。よか海じゃろうが。村のもんも、みんな来たがっとったばい。オイはアイちゃんに惚れちょるけん、アイちゃん熱海ば連れて来たとよ」

とつとつとしゃべる金太郎の顔は、真っ赤だ。

「うちは惚れちょらんとよ」

「そげん嘘ゆわんでもよかばい。……アイちゃん、忘れたとね。村の堤防の上、二人でクボタ一〇二ちゅう、ウチで買った新車の耕耘機《こううんき》乗ってドライブしたじゃろが」

「大根積んでね」

「ロマンチックじゃったろが、大根積んで。村のもんもみんな騒ぎたてとったばい。『よっ、やれやれ！　やれやれ！』ちゅうて、騒ぎたてとったばい。そん中二人して胸張って、夕陽に向かってドライブしたじゃろうが。惚《ほ》れおうちょるもんでなきゃ、あぎゃん冒険でけんばい」

「惚れちょらんよ」

「そげん無理せんでもよかばい。スタンダールがジュリアン・ソレルに言わせたとよ、『恋に駆け引きはいらんばい』ちゅうて。これ、『赤と黒』ちゅうとよ。オイには通用せんばい。……オイは村相撲《むらずもう》で大関までいったけんね。米俵三俵かつげるけんね。

……オイには通用せんばい」

「なんの関係あるとね」

「関係あるじゃろが、アイちゃん。オイが村相撲で大関までいったとよ。米俵三俵かつぎあげたとよ。アイちゃん、村相撲で大関までいくもん、年に一人しかおらんとよ。アイちゃんオイが大関になった一番見とったじゃろが。オイは隣村《となりむら》の満《みつる》とやったばい。立ち会いでオイが一歩出遅れたけん、あいつはここにドンとぶちあたっち来よって、そいであいつはくそ力あるけんドンドン、ドンドン押して来よって、オイはもう土俵のギリギリの所まで押されて、俵んとこ足掛けてこげんそり身んなったとばい。オイはもう、負けるっち思うたばい。お寺の境内は村のもんでいっぱいになっちょって、みんなゆうとったばい、『ああ金太郎負ける、金太郎負ける。金太郎負ける、金太郎負ける』もう負けよっ。半分あきらめちょったばい。そんときばい、オイの耳には聞こえたとよ。『金ちゃん、がんばって!』って。ありゃアイちゃんのプロポーズばい。オイはそれ聞いて、あっ負けちゃいかん思うて、かるくうっちゃったばい。愛の力は恐ろしか。あげんうっちゃりは、恋に身を焦《こ》がしとるもんにしかできんとよ」

「そげんこと忘れたとよ」

「忘れるわけなかじゃろうがね。あん土俵に咲いた恋物語は、今でも村の語り草になっちょるばい。アイちゃんオイに惚れちょるのに、なしてあの一番忘れられるとね」

「うちもう惚れちょらんもん。うちもう金ちゃんに惚れちょらんとよ」

「いやばい、認めんばい。アイちゃん、オイんとこ、田んぼ一町五反あるとよ。こんど高速道路が通るとよ」

「なんの関係あるとね、そげんこつがうちと」

「アイちゃん何ゆうちょっとね、関係あるじゃろがね。恋人の家の田んぼの上さ、高速道路が通るとよ。えらいこつばい。水洗便所、水じゃないばい、香水流すようになるとばい」

「うちもう、金ちゃんに惚れちょらんとよ。だから関係なかこつよ」

「アイちゃん、オイに股裂《またざ》きやられたいとね。オイの股裂きで、隣村の満が半身不随になったの知っちょるじゃろが。オイ怒ったらなにするかわからんけんね」

「…………」

「アイちゃん、わからんばい。なしてじゃろ、オイが職工じゃからかね」

「そうなんよ、金ちゃん職工じゃからよ。いつも油にまみれた、汗臭い作業着しか着ちょらんからよ。あたりまえじゃろ」

「いやばい、認めんばい。そうね、アイちゃん変わったと思うちょったばい、そうね。

なんね、その髪は、染めたとね。真っ赤にしよって。なんね、その爪は、真っ赤にしよって。口も真っ赤で。アイちゃん上から下まで真っ赤じゃね。アイちゃんまるで、パンパンじゃね。郵便ポストのできそこないね。まあよか、男は寛容ばい。……さあ、恋人の胸ん中さ飛び込んで来んしゃい。さあ、暖かく抱擁しちゃるけん、さあ、飛び込んで来んしゃい。今ならまだ間にあうけん、口づけしちゃるけん、ほれ、ほれ。んーっ、んーっ! なしてそげん消極的ね。こぎゃんよか若人と海来ちょる乙女《おとめ》が、何が不服ね」

「………」

「油がついたっち、あとで洗わいいやんね。愛はそぎゃんもんじゃなかろが……。オイが職工じゃからっちゅうて、アイちゃんみたいのをね、ヘンミちゅうとよ。アイちゃんみたいにね、そぎゃん、オイが職工じゃからちゅうて、いつも油臭い作業着しか着ちょらんからちゅうてねえ、そぎゃんこつで人を差別したり、そぎゃん変な目で見たりすることをヘンミ、ちゅうとよ」

「……ヘンケンじゃろ」

「何ゆうちょっとね、ヘンミ、ちゅうとよ。変な目で見るからヘンミちゅうとよ。ケンは剣道のケンじゃろが。ヘンケンちゅうたら、ミはどこ行くとね、ミは。アイちゃん心まで腐ったね」

「二人で養鶏場見学に行ったことあったじゃなかね」

「オイがコエダメん中落ちた時やろ。オイはあん時の、クサイクサイちゅうたアイちゃんを恨みに思うちょるけんね」

「あんとき、見るって書いて、学ぶってかいて、ケンガクって読んだじゃなかね」

「ああ?」

「養鶏場の見学だよ」

「わかっちょるよ、見学じゃろが」

「ヘンケンだよ、金ちゃん」

「何ゆうちょっとね。……じゃがオイはヘンミちゅうて習ったけんね、オイは悪かなかばい。ゆうなら分教所の高橋セエンセエにゆうて」

「……何かあるたびに、『オイが職工じゃから、オイが職工じゃから』ってシミったれる金ちゃんじゃから、じゃからめんどうなんよ。金ちゃん、なして標準語使わんね。困ったこつあったら、いつも九州弁使ってごまかすとね。そぎゃん金ちゃんじゃから、じゃからめんどうなんよ!……金ちゃんと喫茶店行ったら、いつもゆうじゃろが、『ボーイさん、このコーヒーまからんね。こげんもん、オイが田舎じゃ八十円で飲めるとよ。高かなあ、アイちゃん』……うち恥ずかしかったとよ。原宿散歩しょ、ゆうたら金ちゃん、水筒下げて弁当持って来たじゃろが。恥ずかしかったとよ。今日の電車の中だってそうばい。『オイはこれから恋人といっしょに海見に行くばい！　これから恋人といっしょに海見に行くばい！　憧《あこが》れの熱海行くばい！』ちゅうて、うちの手ひいて、電車の中駆け回ったじゃろ。……うちがんばったとよ。じゃが恥ずかしかったばい、イヤじゃったばい。……髪染めたとよ、爪も塗ったとよ。……百姓の相手はもうこりごりばい。うち帰るけんね」

くるりとまわって手をふるハナ子は、さながらスクリーンから抜け出て来たヒロインだ。

「待ちない」

「なんね！　百姓を百姓ちゅうて、なんが悪いね。金ちゃんは百姓ばい。百姓！」

「おいが大関になった一番、忘れたね」

「忘れたばい」

「ほんとね？」

「ああ、忘れたばい」

金太郎が手をやると、腰ひもが床にあった。金太郎は肥桶《こえたご》をかつぐ格好をして、ハナ子に近づく。ハナ子は金縛りになったごとく動けない。

「……油にまみれち自動車修理しょったっちゃね、刑事さん。車なんか欲しかと思ったこつはなかとですよ、刑事さん。おふくろを乗せちゃりたいと思うこつも嘘ですばい、刑事さん。オイがほんとに車欲しかとは、ピカピカん車で村じゅうばゆっくり、鼻垂《た》らしとるガキどんがついてこれるくらいのスピードで、家ん前に横付けしてやりたかと思うことだけですばい。食うしか能がなかちゅうて追い出した親父の横っ面、札たばでひっぱたいちゃりたいと思うためにだけ、金の欲しかとですたい。アイちゃんといれば、そぎゃん見栄はらんでもよかような気のしたとです。たかが通りまで、たかがバスが見えんごつになるまで、涙ためてつっ立っとるオイが、そぎゃんめんどうなことなんですかね、刑事さん。答えちもらわんことには、次の日また油にまみれて働き、夜になったらパチンコやって、屋台で焼酎《しょうちゅう》あおる毎日を送れんとですもんねえ。答えちもらわんことには、国のおふくろにもうすぐ一軒工場もてて、みんな楽させてやるって、ホラ吹いて手紙を書けんとですよ、刑事さん!!……刑事さん、オイゆうてもらいたかったとですよ!!　『大関になった一番覚えちょる』って、ゆうて欲しかったとですよ!!」

九　おれが殺った

明かりがつく。

「……大関になった一番、覚えちょると言って欲しかったとですよ、刑事さん」

「汚ねえ手でおれの背広に触るんじゃねえ、下衆《げす》ヤロウ！」

すがりつく金太郎を、伝兵衛はゴミでも払うかのように平手打ちした。そしてマッチをとりだし、くわえ煙草に火をつけた。ハナ子もけだるそうに髪をかきあげ、ひと仕事終えたあとの一服を楽しもうとしていた。

「ご苦労」

伝兵衛は立ちあがり、金太郎の手をとり朱肉をつけ、自白書に無理やり押させた。

「靴《くつ》をみがけ」

金太郎はうつろな目でひざまずいて、言うがままにされていた。

「……刑事さん、ほんとですばい、ゆうてやったとですよ。大関になった一番覚えちょると、ゆうて欲しかったとですよ。そいだけですたい。オイはよか犯人ですばい。

刑事さん、ほめちくだっせ！」

金太郎は息をふきかけながら、むしろほほ笑みさえ浮かべ必死で靴をみがいていた。

「臭い息吐きかけるんじゃねえ、この下衆ヤロウが！」

伝兵衛はほおを蹴りつけた。金太郎は口の中を切ったらしく、唇に血がにじんでいる。

「刑事さん、ほめちくだっせ！　アイちゃんよか女ばい。嘘言いよったとばい、オイをじらそうと思うち、オイの気を引こっち、ねっ、そぎゃんもんじゃなかですもんね。男と女子《おなご》は体ごとぶつかりあわなきゃいかんとですもんね。恋に駆け引きはいらんとよ、ヒヒヒ。アイちゃんオイにキスしてもらいたかったとですよ。抱かれちもらいたかったとですよ。オイは知っとったとですよ」

金太郎は犬のようにはいつくばって、伝兵衛の靴をみがいていた。留吉は、はがいじめにしてやめさせようとした。

「部長、なんてことさせるんですか」

「うるせえ、若僧。ひっこんでろ……」

気が狂ったように伝兵衛は、金太郎を蹴りつけた。

「さあ、鳴くんだ。犬みたいにワンワン吠えてみろ」

ハナ子は煙草を深く吸い込み、うつろに煙の跡を追っている。金太郎の顔はみるみるうちに腫《は》れあがり、それでも犬がじゃれるように伝兵衛にすがりついていた。蹴りつけながらも伝兵衛は、ボロボロ涙を流していた。

「十分できあがってるんだから、あせることはないぞ。そのドアを出ると、新聞記者たちが手ぐすねひいて待っているぞ。いいか、ぐっと体をひきつけろ、フラッシュたてつづけに焚《た》かれるだろう。なにせ、くわえ煙草伝兵衛の捜査室から出てゆく犯人だからな。貴様のような人間のクズは、いくら言いきかせてもここでトチるんだが、いくらフラッシュ焚かれても、オドオドして浮足立つんじゃねえぞ。顔隠したりすることなんざ、トウシロのやることだ。ハナちゃんと、オイ、そこの若僧、おまえなんて名前だったっけ」

「…………」

「…………名前を聞いてるんだ！」

「……熊田です……」

「うん、ご苦労だったなこのデクの坊が。なんの役にもたちゃしねえ」

「…………」

「まあいい。ハナちゃんと熊田が脇《わき》を固める。足早に歩くんだぞ。気取って、ポーズなんかとって、おれに恥かかせるようなまねしたら、たたき殺すぞ。新聞記者が前に立ちはだかり、マイク向けられても、テメエ、新聞記者に見透かされるような殺しはやってねえって顔してろ。ふて腐れちゃいかんぞ。軽く眉間《みけん》にシワでも寄せとけ、わかったな」

ハナ子は櫛《くし》をとりだし、金太郎の頭をなでつけていた。

「しっかりしねえかよ。おりゃア、新聞記者フゼイに難癖つけられるような、ドジなまねはしねえよ。おまえは、なんの遜色《そんしょく》もねえ犯人だよ。ハナちゃん、もうちょっと前髪垂らしてやってくれや。目元も、もうちょっとパッチリさせてやってくれ。オイ、大山、ちょっとこのサングラスをかけてみろ。何かアンマさんみてえだな。こっちのトンボみてえのがいいか……。いいか、玄関に検察庁の迎えの車が待っている。そしておまえ、なんて言ったっけ」

「熊田です」

「よし、熊田だったな。おまえもよ、新聞記者が珍しいだろうが、ここは富山の田舎じゃねえんだから、愛嬌《あいきょう》なんかふりまいたら何書かれるかわからんぞ。落ちついていけ。車のドアをあける。とたんに金太郎の眼鏡が落ちる。目にひとしずくの涙。新聞記者が一斉にフラッシュを焚く。ここでカーステレオからこの曲。どうだ、いいだろう。チャイコフスキーのピアノ協奏曲第一番ってやつよ。おりゃア、三億円事件か何かのフィナーレに、これ使おうと思ってたんだけど、おまえが情けないばっかりに、ここで、これ使わなきゃならなくなったんだ。ハナちゃん、このカセット忘れずに持ってってくれたまえ。それから、きみも口紅くらい塗っておきたまえ!! 熊田、貴様も初めてだから心してかかるようにな」

「…………」

「おれからものを言われたときは、直立不動、敬礼してハイと言ってもらいたいんだがね」

「お言葉ですが、新聞記者にフラッシュ焚かれようが、マイクをつきつけられようが、そんなこと関係ないじゃありませんか。もう、犯人もりっぱに自白してるんです。これ以上捜査官が差し出がましく、犯人に指図する権利はないと思います。靴をみがかせたり、化粧させたり、いったい、なんのつもりですか……私にはわかりません」

「なんでもねえ、なにもしてねえ男が、どうして一人前の犯人になれたと思ってやがんだ。おれのおかげじゃねえか。おれが、だれから後ろ指さされても恥ずかしくない犯人に仕立ててやったんじゃねえか」

「それはわかりますが、検察庁へ行くのに化粧までさせることはないでしょう。犯人だって、そこまで辱《はずか》しめを受ける筋あいはないと思います。犯人にだって人権はあるんです」

「ないね、おれにあるんだ。下衆に人権なんかがあるか!! おれをたてる人権しかねえんだよ、こいつらには!!……それに、おれの作品は完璧《かんぺき》でなきゃ気がすまないんでね」

「…………」

「……新聞記者たちが、『刑事さん何かしゃべってよ』『帰ってデスクに叱られるんだよ』『飯《めし》のくいあげだよ』『動機はなんなの』なんて迫ってきてもつっぱねろ。そしてバタンと車のドア閉めて、『伝兵衛さんは煙草くわえてたよ。車出してくれ』で、おれがここにこうして座って煙草ふかしてると言ってくれ。まあこれはいつものパターンだけどな。これでいいんだよ、これで。初々《ういうい》しくな、新任の刑事らしく。貴様ヒネた顔してるからな。おれは心配だよ。おれをたてろ」

金太郎は、ハナ子から薄化粧されて、うきうきした顔をしていた。サングラスをかけては、ハナ子のコンパクトを借りて顔をいろいろつくっている。

「おい金太郎、何やってるんだ。おまえは工員なんだから、なまじインテリの苦悩なんか出そうとたくらむんじゃないぞ。おまえみてえな下衆は新聞記者に囲まれてフラッシュ焚かれるとすぐに、スター気取りでカッコつけちまうんだ。工員は工員らしく、しみったれてろ」

「こうですか?」

「なんか違う感じだな。まいい、金輪際イッ発かましてやろうなんてたくらむんじゃねえぞ。しょせん工員なんだから、とりつくろってみたところで、底が割れちゃうぞ。力《りき》まないでな。それから、裁判まで検察庁の留置場にほうり込まれるんだけど、メシなんかガバガバ食っちゃいかんぞ。メシが出たらポツリと『ごちそうだな』って、上目遣いに看守の同情ひいといて、いっさい手をつけるな。『大山金太郎は、食事が喉を通らないほど憔悴《しょうすい》していた』なんて新聞に書かれりゃ、めっけもんよ」

「どういうことでしょう?」

「つまりさ、日本の労働者階級が無理して殺人なんかしてさ、案の定反省してるなって世間に思わせるんだ。しかたねえんだよ、テメエらの先輩なんかな、ちゃんとした理由で人を殺して、日和《ひよ》ってすぐ反省しちゃったり気がふれたりするから、どんどん人間が安っぽく見られちゃうのよ。あたりめえよ。留置場に入りゃあただメシが食えるなんて、犯人の特権に甘えるなよ。良心の影におびえ、日に日にやせ細ってゆく犯人像を担《にな》いきるんだ。そのためには、一日二日メシを食わなくったってがまんしろ」

「ぼく、よく食べるから……」

「そう、おまえら工員はよく食べるんだよ。その大食いの工員がだ、メシも喉を通らないくらいの罪の意識にふるえている、このラインを貫徹しろ。そしてな、夜中になったら、大声で悲鳴をあげて看守を呼ぶんだ。留置場の壁を指さしてふるえてろ。時たまワケのわからんことをつぶやきながらよ。夜な夜な、殺した女の影におびえる男、これで決まりだよ。これで日本は幸せなんだ。明日も元気で働きましょうだ」

「へー」

「いいか、裁判でな、裁判長が身をのりだして、『何か言い残すことがあったら言ってみなさい』って、幕切れ近くで言うんだな。これがまあ、もったいつけて鼻もちならないんだよな。まあ無理もねえんだよ、ハデに黒で統一してしかめっ面して決めといてさ、あいつらは、このセリフくらいしか楽しみがないんだからな。裁判官っていいかげんなやつが多いからな。だけどありゃカッコつけてるだけなんだから。黒服の中じゃインキン掻《か》いてるんだよ。おまえその雰囲気に対抗して、何かやんなきゃなんて仏心《ほとけごころ》起こすこたあねえんだぞ。『大関になった一番覚えちょって欲しかったとです』なんて、さっきみたいにベラベラやるな。裁判官に、甘い汁吸わせることはねえじゃねえか。『政治の貧困だ』とか『貧乏が悪い』とか小理屈を並べろ。いいか、裁判官なんてインテリはな、国から給料もらってるのにすね者ばっかりだからよ、度胸がねえくせにちょっかい出したがるんだよ。詩人崩れのやつばっかしよ。熱海―腰ひも、工員―女工ってとこで、ポーンと足元すくってやれ。『ぼくじゃない！』『私が悪うございました！』なんて言って、なりふり構わず泣きわめけ。まちがっても『大関になった一番覚えちょって欲しかったとです』なんて、裁判こんがらかすようなこと言うんじゃねえぞ。スピード裁判、コンコン死刑！　潔《いさぎよ》く法の裁きを受けろ。六法全書の中で死刑になんだぞ。いいか、刑務所の中にはアホがいてよ、『待遇改善しろ』だとか主張するやつがいるからな。すぐ徒党を組みたがるやつだよ。こういうやつにくっついてろ。見苦しいかもしれないけど、おまえのためなんだからな。一人ポーッと考え事にふけったりするな。おまえ、ボーッとしてても、何かのはずみで俳句ひねりそうな男だから心配だよ。おまえは田舎から出てきた貧しい工員だってことをよく考えてな。『ああ、あいつはやっぱりダメなやつなんだ。選挙権なんかやらなくてよかった。やはり罪を犯すやつはどこかおかしい、職工フゼイってなあ、あんなもんよ』って言われるようになれ。いいか、おれなんかいやな予感がするんだけど、おまえらいつもさ、十三階段昇るときさ、つまずいて膝《ひざ》んとこすりむいたり、捻挫《ねんざ》したりしちゃうんだ。運動靴なんだけど、センベツの代わりだ。これ履いてがんばれ。こりゃ別におまえのためじゃないぞ、おれのためなんだぞ。おれの取り調べた犯人が、十三階段でひっくりこけちゃったら、おれだってやりきれねえからな。なんか、ステップ踏んだり東京音頭を踊ったりして、ホイホイ十三階段昇って、日本をひっくりかえそうなんて思うな。……おれたちゃいま見て納得もしたが、完全にってわけじゃないからな。……とにかくジーンときたんだ。でもな、川向こうじゃカミュ君ってのが、おまえと似たようなこと口走っちゃったため、袋だたきに会ってる例もあることだし……」

金太郎は陽気に、右と左の運動靴のひもを結び、ふり分け荷物のようにして肩にかけた。

「それとまあ、関係ねえんだけどさ……」

と、伝兵衛は腰に結《ゆわ》えてある、小さなトカゲのしっぽを解き、手のひらにころがしていた。

「ま、いいか」

と、金太郎の顔を見て二、三度迷っていたが、意を決したように言った。

「やるよコレ。これさあ、黄金トカゲ次郎丸っていうんだ。小さいころ隣のイッちゃ

ん と喧嘩《けんか》してとりあげた宝物なんだ、持ってけ」

「いいですよ、たいせつなお守りなんでしょ」

「いいってことよ、持ってけ」

「いいですよ」

「おまえな、人生ってそんなもんじゃないぞ。人の誠意ってのは受けるもんだぞ。しまいにゃおれも怒るぞ」

「ではいただきます」

「馬鹿な子ほどかわいいってな、何かおまえが不憫《ふびん》でならないよ。なんだおまえ、どうしたんだ、その顔は。ブクブク腫《は》れちゃって、大丈夫か？」

伝兵衛はポケットから綾《あや》とりのひもをとりだして、両手の指にひっかけた。

「おまえ、これとってみな」

「いいです」

「いいからとってみろ」

「いいです、知らないから」

「教えてやるから、指を出してみろ。ほら、ここんとこに小指を入れて、親指をこうまわすんだよ。ほれ、やってみな」

金太郎は要領がよくのみこめず、オタオタしていた。

「おまえ、大丈夫か。刑務所じゃ、知らない人ばっかりなんだぞ。親戚なんかいやしないぞ。いつまでもおまえのめんどうみてくれる人がいると思うな。だれも話し相手になんかなってくれないんだぞ。一人で毎日泣いてるのか。だからひとりきりになっても遊べるようにしてやってるんじゃねえか。おめえと似たような友達ができたときにも、遊ぶのに事欠かないだろ。おれが教えてやるから、よく見て覚えるんだぞ……」

金太郎は申しわけなさそうな顔をして、伝兵衛の指先を真剣に見つめていた。

「ほら、おもしろいだろ？　さ、おまえもやってみろ」

機械油で黒ずんだ金太郎の指は、赤いひもを扱いかねて苦闘している。伝兵衛もハナ子も留吉も、それをじっとみつめていた。たまりかねたように伝兵衛が言った。

「何やってんだ、先に小指を入れるんだよ。ほら、そこそこ、しっかりしねえか。てめえ、甘ったれやがって。刑務所んなかにはなあ、ブスブスブスブス三人も四人も人を殺して、鼻歌うたってるやつばっかりなんだぞ。『食前食後にまず一人』ってやつばっかりなんだぞ。おめえみてえな『大関』がどうのこうの言ってるやつと違って、及びもつかないやつばっかりがいるんだぞ。おれなんかが、どんなにがんばっても捜査しきれねえやつばっかりなんだぞ。図に乗るんじゃねえ。さっ、やってみろ」

金太郎はできない。赤いひもを指にからませてモタついていた。

「……もういい。おまえは何やっても不器用だな。おれがどんな気持ちで綾とりを教えてやってると思ってんだ……」

もし自分に往年の力量さえあったなら、かつてカミソリと呼ばれた頭の切れさえあれば、取り調べ中に釈放するなどという、醜態を露《あらわ》さなくてもすんだのに。これほどいたいけな犯人を苦しめなくてすんだのに。

警視庁でも明かりのついているのはこの部屋だけであった。かつてなら、頻繁《ひんぱん》に出入りしていた新聞記者は今はだれも姿を見せない。

くわえ煙草伝兵衛は、その背中にみせる老いに託して、何者かを留吉に伝えていた。

留吉は無残にも力尽き、デクの坊のようにつっ立っている自分をただ感じとっているだけだった。なによりもこの老人の執念に、留吉はなす術《すべ》がなかった。

「部長、そろそろ」

ハナ子は静かに時を告げた。

「おう、もうそんな時間か。何も力になれなくておれは心苦しいよ。だけどこれで警察をそう見捨てるなよな。……まだすごい人たちがいっぱいいるんだぜ。さっき話してた富山県警のマキノ部長刑事、大阪府警の平田巡査部長、まだまだ捨てたもんじゃないんだぜ。……おれみたいな切れ者は少ないがね……」

「……いえ、もったいのうございます。自分の未熟さを、これほど心苦しく思ったことはございません。最後の最後まで、どうもありがとうございました。あっ、熊田さん、いろいろありがとうございました」

「イヤ、力になれなくて……。がんばれよな」

それだけ言うのが精いっぱいの留吉だった。

「はい、がんばります、熊田さん。……ハナ子さん、いろいろお世話になりました。いたらないぼくでしたが、こんど来るときはきっとりっぱな殺人をやってきますからね。部長さんなんか、わからないようなものすごい殺人をやって来ますからね。これは冗談じゃありませんよ!!」

金太郎は、化粧をしてもらった顔をちょっと緊張させ、目にいっぱい涙をためていた。

「ハンで押したみたいな判決なんか、だれが受けられるもんですか。裁判官を手玉にとってやりますよ。隣組の裁判所なんかで、判決受けやしませんからね。……インキンタムシにかかってない、ちゃんとした裁判官を呼んでもらいますからね。倒れるまでやりますからね。判定負けなんていやですからね。白黒はっきりつけてもらおうじゃありませんか。十三階段昇るときぐらい、並みの昇り方はしませんからね。『くわえ煙草伝兵衛が捕らえただけのことはある犯人だ』って言われるようにね、ゴーゴーなんか踊って昇りますからね。上で花笠音頭かなんか踊って首くくりますからね。ご迷惑でしょうがせめて……。お名前を汚さないことと言ったら……。こんど来るときには、こんど来るときには……。〝熱海殺人事件『海が見たい』大山金太郎は十三階段の向こうに果たして海を見たのだろうか〟ねっ、新聞の見出しだって困らないでしょうが。好意的に記事にしてくれることうけあいですよ。ぼくの人生はむしろこれからなんですよ。その新聞記事、あとで必ず職場のみんなに送ってくれませんか？」

「よくそこまで悟《さと》ってくれたな」

伝兵衛は目頭を押さえていた。

「大山さん、心配することないわよ、部長を信じてね」

「ハナ子さん、おふくろを裁判所に呼んでくれませんか？　旅費はあとでなんとか……。でもあとでって、あとないですしねぼく。困ったなあ」

「あんたねえ、なんにもわかってないじゃない。今から煙草買いに行くわけじゃないのよ。死刑になりに行くのよ。あたりまえじゃないの、親子じゃないの。お腹を痛めたあなたの、一世一代の晴れ姿を見なくて何を頼りにこの先お母さんは生きていけるのよ。部長がお母さんのために、いい席用意してくれるわよ。あたりまえじゃないのよ」

留吉もこぶしを握りしめて金太郎をにらんでいた。

「部長、私はなんのお役にもたてませんでしたが、一言、大山に言ってやってよろしいでしょうか？……この親不孝者めが。よるべない五島の寒村でだぞ、ひびだらけのシワクチャの手でだぞ、わずかばかりの畑を耕してその日の糧《かて》にしている幸薄《さち》いおまえのお母さんの旅費のことか。大山、おれは給料は安いし貯金もない。おまけにおれ、なんか言いたい気分なんだけど何を言ったらいいのかな、実は、おれ包茎なんだ」

「…………」

「包茎だとかなあ、童貞だとかなあ、トカゲのしっぽだとかなあ、そんなことでおまえのおふくろの旅費と宿泊費が出せないって、そんなことはないからな。おまえ田舎はどこだ。スカンジナビアとかモロッコとかそんなとこじゃあるめえ。長崎県の五島だろうが。このおれが体はってでも、なんとかしてやってもいいと思ってたんだ。……ねえ部長、私にもせめてそれぐらいはさせてくださいよ。ほかに今の私が大山にしてやれることはないんですから」

伝兵衛は留吉を凝視したままであった。

「いや、出しゃばりまして。……申しわけございません」

「熊田さんありがとう。ぼくは、ぼくは……」

「大山さん、私お友達といっしょに、お正月の晴れ着をきて差し入れに行きますからね」

と、ハナ子は恥ずかしそうに言った。伝兵衛も負けじと見栄をはる。

「なに、柳橋《やなぎばし》のきれいどころひきつれて、ドッと繰り込んでやるよ。そしたら刑務所ん中で肩身の狭い思いをすることなんてないからな」

「何から何までお世話になって……」

「部長、時間です」

ハナ子はなごり惜しそうに、壁にかかった時計をちらっと見て、伝兵衛を促した。

「では、大山金太郎君の実り多き前途を祝しまして、不肖私、木村伝兵衛めが万歳三唱の音頭をとらせていただきます。大山金太郎君、バンザイ!」

「バンザイ!!」

「バンザイ!!」

「……じゃおれは警視総監に報告するから、その間に用意してくれたまえ。あ、それと熊田君」

「は、わかっております。富山には明日の朝一番で帰ろうと思っております」

「吸わんか、どうだ」

「はっ？」

「いいから、遠慮しないでいい」

「……はっ、頂きます。フーッ、はっ？」

留吉は伝兵衛の視線に気づいた。

「あ、これですか。ダンヒルなんです。一点豪華主義って、ぼくの趣味なんですけど。別にこんなので火をつけたって、うまいわけでもなんでもないんですけどね」

「………………」

「しかしなんですね、いい勉強になりました。富山で小天狗《こてんぐ》なんて言われて、得意になっていた自分が恥ずかしいです。やはり東京の捜査はむつかしいですな。富山はのんびりしたところでしてねえ、みんな朝クワを持って警察へ来るんですよ。捕らえるのっていったら、イモ泥棒とかドブロク造りとか、あの辺じゃまだドブロクつくってましてね……」

留吉は深く吸いこんだ煙を、大きく吐きだした。

煙草が無性にうまかった。

「うまいか？」

「あ、……はあ、うまいです」

「……おれなあ、部下に煙草をすすめるのは、初めてなんだ」

さしものくわえ煙草伝兵衛老いたり。

「……どういうことでしょうか」

ハナ子が小さく拍手した。

「熊田さん、おめでとう、合格ですよ」

十　勲章

くわえ煙草伝兵衛は暗い捜査室に一人いて、受話器をにぎりしめていた。

「はっ、警視総監殿でありますか」

――はっ、はい、もしもし。え？　なんだって。

「私、私であります。警視庁捜査一課、木村伝兵衛部長刑事であります」

――え？　でんべえ？

「はっ、すこぶる快調であります」

――おい、起きろアキ子。故郷の親父から電話らしいぞ。――え？　おとうさんから？　なあによ、こんな夜中に。――何があったのかな？　――はい、電話かわりました、アキ子ですが。

「ほう、とうとうシングルになりましたか。私なんぞは、寄る年波に負けまして、とんといけません」

――なによ、あんた。――おいなんだよ、おふくろでも死んだのかな。……しかしさ、でんべえなんて、おまえの親父も変な名前だな。

「はあ、相変わらず、帰りが遅いとこぼしております。……ふつつかもので……いやあ、もらい手などありませんよ。気ばかり強くて、なにぶんよろしく。はっ、はっ、いや、ごもっともで。……また、ご冗談ばっかり」

――あんた何言ってんの。どこに電話してんのよ。キチガイ！　――どうしたんだ、おい、親父、気でも狂ったのかよ。――何言ってんのよ。あんた、もう。まちがえたのよ。

「はっ、それでは謹んでご報告させていただきます」

それは街角の喧噪《けんそう》であった。

すべての孤独が喧噪の中ではじめて息づくように。

「今回熱海署から不肖私、木村伝兵衛めをば特に名指しの依頼ではありましたこの殺人事件は、工員、女工、熱海、腰ひも、とたわいもない類型として葬り去るものとすれば、なんらやぶさかなしとすることでございます。がしかし、今日的に三面記事にもなり得ない情況を担っているからこそ、翻《ひるがえ》って私は、この事件を、日本犯罪史上特筆すべきものと明察し、その行間にかいま見せている切実な市民構造を、われわれは毅然《きぜん》たる志を持って見すえるべきではないかと、かように考える次第です。はからずも戦後三十年の社会状況のひずみをぬって現出した憂うべき必然とはいえ、民族の衷《ちゅう》心《しん》からの声なき叫びに、私はしのびようもない哀切をもって耳を傾けざるを得ません。ムルソーの一発の銃声が、その硝煙によってでしかあまりにもまぶしすぎる太陽と訣《けつ》別《べつ》し得ない現代人の苦悩をさし示しているものとすれば、それを嘲笑《ちょうしょう》するかのごとく、今回の熱海殺人事件は、死ぬべくしてその役割を全《まっと》うすべき、山口アイ子はどこにもあらず、大山金太郎を犯人と仕組むいかなる構造をも、日常に還元することを許さないのであります。巷《ちまた》に喧伝《けんでん》されておりますように、犯人が被害者をあやめる必然はこのばあい、まったくうかがい知ることはできないのであります。私は今回の出来事を殺人と名づけることさえ躊躇《ちゅうちょ》し、事件としてかこいこむ傲慢《ごうまん》さに赤面せざるを得ません。あまりにも太陽がまぶしすぎるという言葉の潔さのため、われわれはムルソーを寛容するのであり、周知のごとくだれもがこの必然を信じていず、むしろそう思いめぐらすことでしか自らを律し得ない状況を、みごとに顕在化させたためでございましょうが、熱海殺人事件はそのギマン性を切実な小市民的性格を逆手にとり、熾《し》烈《れつ》に告発しているのであります。警視総監殿、日本は今大きく病んでおります。この街々の喧噪はいったいなんでありましょう。この悲劇のいかんともしがたい健康すぎる生きのびようは、いったい何なのでありましょう。姑息《こそく》な市民の生きのびように、不必要な要素をとり去るために、法律を作動させ犯人を仕立てあげる私は、自らの責務を憂えております。時代は薄く夕暮れをひいて、闇の絶えた街頭に、しのぶ術なくたたずんでおります。明日を味わうようにして祈っております。はっ、私ですか、ご安心あれ警視総監殿。私はいま煙草に火をつけようとしたところであります」

あとがきにかえて

朝、新聞を読むのはスリリングな行為である。

少し前のことだが、会社の上司が部下からバットで殴り殺されるという事件があった。このバット殺人事件は、実は、大時代な言い方をすれば、私にとって殺人という高嶺《たかね》の花を身近なものにしてくれた象徴的な出来事であった。

もうこれからは、「バットなどで人間ほどのものが殺されてたまるか」という常識に安住してはいられない。バットであろうが、すりこぎであろうが人を殺すことは可能なのだ。

人々はすりこぎがごまをするものとしての持ち場を守り、バットが野球をする道具としての持ち場を守るかぎりその存在を許すことができる。そしてバットがグラウンドから自由に羽ばたき始めた時、市民生活は静かなる崩壊の危機にさらされるのである。

この事件によって、人を殺すのは「殺し屋」とか「暴力団」とかその種の者だけの特権ではなくなった。魚屋さんにも八百屋さんにも人を殺すことができるという権利があることを、私はあらためて認識させられたのであった。

確かに今は、喫茶店で、コーヒーの飲み方に芸がないと、ボーイからぶっ飛ばされても何も言えない時代なのかもしれない。そう思いながら、私はその日も人に会うために、原稿を書くために、近くの喫茶店のドアを力なく押したものだった。

そして先日、またもや恐ろしい事件が起きた。いや正確には新聞の見出しとして恐ろしい事件が発生したのである。私はほとんど眼を疑った。

「ブタにかみ殺される」

この大新聞の自信に満ちた見出しほど、すべからく言葉をもって禄《ろく》を食《は》んでいる者が匕首《あいくち》を突きつけられた気持ちになったことはないだろう。これほど挑戦的な見出しはない。私はブタという言葉に対していささかも偏見をもっていないが、ブタという言葉から容易に想起されるニュアンスに正直言って抗しきれないところがある。「ブタ娘」「ブタみたいによく食う」「ブタ野郎」……等々。どうして「養豚場で事故死」と常識的な屈折の仕方をさせなかったのだろうか。

確かに、それはブタにかまれて死んだ、ブタにかみ殺されたことには違いないかもしれないが、しかし、強盗に刺し殺されたのとはわけがちがう。

新聞が社会の公器ならば、日常へのひるがえり方をふまえて言葉を選択しなければならないはずである。そのおもいやりこそが公器としての新聞の中立の在り方なのではないか。

この大新聞はブタにかみ殺された家庭の、それでも厳粛にならざるを得ない葬式を慮《おもんぱか》ったであろうか。

たとえば「チチキトク」とだけの電報（この場合、電話という方法を考えることが私にはできない）をもらった嫁いだ娘が、遠路、夫をともなって駆けつけたとする。娘はただただ泣き伏し、その夫は丁重にお焼香をする。

「このたびはどうも」

「…………」

「またどうしてお父さんは急に亡くなられたのですか。車に撥《は》ねられたんですか、それとも脳溢血《のういっけつ》ですか」

……ここにどういう台詞《せりふ》を挿入《そうにゅう》したらいいのか。人々が集まってきて、故人の徳をたたえるべき通夜がやがて始まる。ここで「惜しい方を亡くしました」といった常套《じょうとう》句《く》をうまく使えるような人物がそういるとは思えない。さらに葬儀も終わり、家に帰る汽車に乗った嫁いだ娘と夫との間に漂う気まずさを想像するのは、つらいことだ。町内会の人々もしばらくはシリアスに近所づきあいをしてくれるかもしれない。しかし、四十九日過ぎたあと、「あのうちのお父さんはブタにかみ殺されたんだって」と、暇な奥さん連中が身振り手振りをまじえておしゃべりをしないわけがない。

「ブタにかみ殺される」と書いても「養豚場で事故死」と書いてもたいした差はないと言われればそれまでである。しかし、「ブタにかみ殺される」と書くことを日常化させてゆけば、それが伏線となって、いつの日か「下北沢で女性殺される」ではなく、「下北沢でブス殺される」、「下北沢でブスが殺されやがってよ」という見出しが出現し、あげくの果てはそういう見出しそのものが姿を消し、かわりに相当の美人でないと殺されても新聞では扱わない、という時代が来ないともかぎらない。たとえ、それがかなり圧倒的な事件であったとしてもである。

朝、新聞スタンドの前に立つ時の緊張の度合いが近ごろますます強くなってくる……。

著　者

解説

つかこうへい（本名　金原峰雄）の登場は、最近のわが国の芸術分野において、目がさめるほど鮮かで刺激的な「事件」であった。

実際、若くしてこれほど際立った才筆と鋭敏な言語感覚、ユニークにして奇抜な発想力に恵まれた作家もまれである。

一九四八年（昭和二十三年）四月生まれのこの作家が、戯曲「戦争で死ねなかったお父さんのために」を雑誌「新劇」に発表して劇界に本格的にデビューしたのは、一九七二年四月、二十四歳になったばかりのことである。

つづいて翌年、戯曲「郵便屋さん、ちょっと」「初級革命講座・飛龍伝」「熱海殺人事件」をたてつづけに発表し、「熱海殺人事件」によって、一九七三年の第十八回「新劇」岸田戯曲賞を受賞した。二十五歳であった。

それ以後も、みずから劇団「つかこうへい事務所」をひきいて、作者兼演出家として精力的な公演活動をつづけるとともに、「巷談松ケ浦ゴドー戒」「出発」「生涯」「ストリッパー物語」などの新作を発表し、テレビ・ラジオの脚本をも手がけて、若い世代を代表する書き手として大きな人気を集めている。

そのつかこうへいが、一九七五年からは、いよいよ小説のジャンルに手を染めた。第一作は「断絶」(「野性時代」一九七六年三月号)だが、「初級革命講座・飛龍伝」とならんで彼の戯曲を代表する秀作劇「熱海殺人事件」をもとにして、これを長編小説として書きおろしたのが、この『小説熱海殺人事件』である。

評判になった小説が、劇化されたり映画化されるのはよくある話だが、評判の戯曲が小説になったという例は、ほとんど聞いたことがない(ついでにいえば、文庫による書きおろしというのも、新しい試みである)。

しかも戯曲「熱海殺人事件」は、ストーリーの単純な展開を主軸とする並みの芝居とはちがい、構造そのものがすこぶる演劇的な作品だから、作者自身によるこの小説化にも相当の苦心が必要だったにちがいない。その結果として、この小説の特色は、何よりもその演劇性にある。演劇的にはみ出した部分だけ、これまでの小説の通念と枠組みをとりはずし、そこに新しい領域を切りひらいている。

だが、その辺を理解してもらうためには、つかこうへいにおける演劇性の問題について、もう少し説明を加えておいた方がいいだろう。演劇性こそが、つかこうへいの世界を解き明かす最も有効な鍵なのだから。

前にふれたつかこうへいの小説「断絶」のなかに、「何でもないお父さんと何でもないお母さんの間に生まれた何でもない」一郎という少年が登場する。以下は一郎の回想である。

「かつて小学校の算数の授業で、三たす五はいくつですかと聞かれ、元気よく八ですと答えたが誰も請け合ってくれない。確かに八のはずだ。先生に抗論すると、君の答えには八と言いきるだけの暗く劇的な背景がないと言われ、バッテンをつけられた」(傍点＝引用者)

ここには、つかこうへいの典型的な世界の一端が鮮かに形象化されている。3＋5という単純な算術に、8という正解を与えることは、つかこうへい的世界にとって、なんら重要なことでも、本質的なことでもない。大切なことは、教室という状況のなかで、いかに「暗く劇的な背景」をみずからつくりあげつつ、「八」と言い放ちえるかということなのだ。

だからこそ、一郎に代って、「父親が海外出張をしている間に母親とおじいちゃんの間に生まれたという山田君」が立ちあがり、眉間にシワを寄せ、苦悩と憂いにみちた表情で、「…八…」と呻《うめ》くようにつぶやいてみせたとき、先生は「オッ」と叫び、教室中は、「山田君の暗く哲学的な過去を思って」全員が号泣しはじめるという、およそ珍妙きわめた光景が展開する。

いいかえれば、つかこうへいの世界は、絶対的な価値基準や座標軸を欠いた、完全な相対性と関係性の世界である。なんの芸もなく、正解やテーマをのべたてることは、たんなる「バッテン」にすぎない。重要なことは、退屈な日常生活のなかで、みずからの言動をいかに劇的に組織化し、そのフィクショナルな情熱に身をゆだねつつ、通常の日常生活ではついに満たされることのない切実な思いや願望をいかに美的に発散させるかということなのだ。

しかも、つかこうへいが描くのは、つねにしがない庶民の群像である。彼らが自分たちの切ない心情を託そうとして美的な演技のパターンを考案するとき、それは必ずといっていいくらい、歌謡曲や大衆演劇に代表される最も通俗的な美意識や紋切り型のセリフとなってあらわれる。そして、そのことによって、つかこうへいの作品は、現代の若者たちまでをつらぬいて流れる日本人の伝統的な美意識や生活感情を鮮かに浮きぼりにすると同時に、そのような通俗性の虚構に仮託してしか生きられない日本人の生のあり方を鋭く撃《う》つ批評性の契機をもそなえているのである。

むろん、つかこうへいの作品は、本質的には、きわめて醒《さ》めた目でとらえられた喜劇である。

だからこそ、彼の作品をたんによくできたエンターテインメントとして考える声も少なくない。事実、彼の作品を読んで私たちは笑いころげるし、彼の芝居が上演される劇場では、いつも観客の爆笑の絶えることがない。「安心して笑える作品」「軽妙な喜劇作家」と評する声にも、それなりの一理はある。

だが、笑いころげながらも、同時に私たちが考えなければならないのは、その笑いを支えている登場人物たちの、いじましくも切ない心情のかずかずである。つまり、つか作品の登場人物たちは、うだつがあがらないからこそ、すべて、あまりにも一生懸命なのだ。戯曲「初級革命講座・飛龍伝」の「父」のセリフに従えば、「一所懸命ってのは、人民の最低限のゆるぎない原則なんだよ」というわけだ。つまり、日常生活を極端にまで劇的に生きたいとする彼ら登場人物たちの過剰な情熱、度を越した「一生懸命」こそが滑稽に転じて、笑いを誘発し、独自の「つか喜劇」をつくり出す。「熱海殺人事件」でも、「つか喜劇」は典型的な姿をあらわす。

この作品は、警視庁の名刑事といわれた〝くわえ煙草伝兵衛〟部長刑事と、富山県警から転任したばかりの若手の熊田留吉刑事、婦人警官の安田ハナ子の三人が、熱海の海岸で幼なじみの女子工員を絞殺した容疑で逮捕されたしがない地方出身の工員・大山金太郎を取り調べ、完全自白にまで追いこむ顚末《てんまつ》を描くという設定で進行する。

だが、この作品の世界においても、他のつか作品同様、事実はほとんど問題ではない。刑事たちは、日常的な事実関係の究明にはまったく関心がない。彼らの全情熱は、このしがない殺人事件を、ありきたりで、通俗な刑事的美意識のおもむくままに、いかにして美的に完璧な大犯罪事件として成長させられるかに向けられる。やがて容疑者・大山金太郎も、この高揚する奇抜な演劇的捜査術の流れのなかに巻きこまれ、積極的にみずからを華麗でカッコいい大殺人犯に仕立てあげていく。一生をうだつのあがらない工員として過ごす他はないことを知っている金太郎は、自分が死刑囚となることによって生涯にただ一度の脚光を浴びることを無上の喜びとし、自分の晴れ姿が派手な新聞記事になることを夢想しつつ、勇躍して十三階段ののぼり方に趣向を凝《こ》らす——。

ここまで共同幻想が壮大にふくらんでくると、私たちはいやでも、ふと立ちどまって考えざるをえなくなる。この事件は、本当に額面通りに受け取るべきなのか。いや、大山金太郎は果たして本当に殺人犯なのだろうか。いや、そもそも「熱海殺人事件」などという事件が本当に存在したのだろうか。それは、ラストシーンで木村伝兵衛が警視総監にかけるインチキ電話のように、名刑事でも何でもない老いたる一刑事の頭のなかを一瞬横切った幻想にすぎなかったのではあるまいか。いや、それとも、あれはたんに四人の男女が退屈しのぎにやってのけた捜査ごっこ＝ゲームだったのか——構造的に何重底をもなしているこの作品を解く鍵が読者自身に与えられているからには、これ以上の深入りはやめにすべきだろう。

だが、これをもってしても、日常生活における切なくも過剰なる演技が、いかに事実関係をおおいつくしてまで自己増殖をとげていくかという「つか喜劇」の例証を見ることはできるはずだ。

その意味でも、つかこうへいは、決しておおらかに喜劇を選びとった喜劇作家ではない。もはやこの世に真の意味での悲劇などありえず、あるのはただグロテスクな滑稽さだけだということを知った、結果としての喜劇作家なのである。

だからこそ、私はしばしば、つかこうへいの作品のなかに、喜劇地獄の烙印を見る。

一九七六年二月

（演劇ジャーナリスト）
扇　田　昭　彦

本書は、一九七六年三月に刊行された角川文庫を底本としています。
本書中には、キチガイ、バセドウ氏病、同性愛嗜好者、精神異常者、唖《おし》、~フゼイ、トルコ(風呂)、びっこ、パンパン、アンマといった、現在の医療知識や人権擁護の見地に照らして不適切と思われる語句や表現がありますが、作品執筆当時の社会的状況および作品舞台の時代背景、作者が故人であることを考慮し、底本のままといたしました。

(編集部)

小説《しようせつ》 熱海《あたみ》殺人《さつじん》事件《じけん》

つか こうへい

昭和51年 3月15日 初版発行
平成30年 11月25日 改版初版発行
令和6年 2月15日 改版5版発行

発行者●山下直久

発行●株式会社KADOKAWA
〒102-8177 東京都千代田区富士見2-13-3
電話 0570-002-301(ナビダイヤル)

角川文庫 21293

印刷所●株式会社KADOKAWA
製本所●株式会社KADOKAWA

表紙画●和田三造

◎本書の無断複製（コピー、スキャン、デジタル化等）並びに無断複製物の譲渡および配信は、著作権法上での例外を除き禁じられています。また、本書を代行業者等の第三者に依頼して複製する行為は、たとえ個人や家庭内での利用であっても一切認められておりません。
◎定価はカバーに表示してあります。

●お問い合わせ
https://www.kadokawa.co.jp/（「お問い合わせ」へお進みください）
※内容によっては、お答えできない場合があります。
※サポートは日本国内のみとさせていただきます。
※Japanese text only

©Kouhei Tsuka 1976 Printed in Japan
ISBN 978-4-04-107663-7 C0193

角川文庫発刊に際して

角川源義

第二次世界大戦の敗北は、軍事力の敗北であった以上に、私たちの若い文化力の敗退であった。私たちの文化が戦争に対して如何に無力であり、単なるあだ花に過ぎなかったかを、私たちは身を以て体験し痛感した。西洋近代文化の摂取にとって、明治以後八十年の歳月は決して短かすぎたとは言えない。にもかかわらず、近代文化の伝統を確立し、自由な批判と柔軟な良識に富む文化層として自らを形成することに私たちは失敗して来た。そしてこれは、各層への文化の普及滲透を任務とする出版人の責任でもあった。

一九四五年以来、私たちは再び振出しに戻り、第一歩から踏み出すことを余儀なくされた。これは大きな不幸ではあるが、反面、これまでの混沌・未熟・歪曲の中にあった我が国の文化に秩序と確たる基礎を齎らすためには絶好の機会でもある。角川書店は、このような祖国の文化的危機にあたり、微力をも顧みず再建の礎石たるべき抱負と決意とをもって出発したが、ここに創立以来の念願を果すべく角川文庫を発刊する。これまで刊行されたあらゆる全集叢書文庫類の長所と短所とを検討し、古今東西の不朽の典籍を、良心的編集のもとに、廉価に、そして書架にふさわしい美本として、多くのひとびとに提供しようとする。しかし私たちは徒らに百科全書的な知識のジレッタントを作ることを目的とせず、あくまで祖国の文化に秩序と再建への道を示し、この文庫を角川書店の栄ある事業として、今後永久に継続発展せしめ、学芸と教養との殿堂として大成せんことを期したい。多くの読書子の愛情ある忠言と支持とによって、この希望と抱負とを完遂せしめられんことを願う。

一九四九年五月三日

角川文庫ベストセラー

羅生門・鼻・芋粥　芥川龍之介

荒廃した平安京の羅生門で、死人の髪の毛を抜く老婆の姿に、下人は自分の生き延びる道を見つける。表題作「羅生門」をはじめ、初期の作品を中心に計18編。芥川文学の原点を示す、繊細で濃密な短編集。

蜘蛛の糸・地獄変　芥川龍之介

地獄の池で見つけた一筋の光はお釈迦様が垂らした蜘蛛の糸だった。絵師は愛娘を犠牲にして芸術の完成を追求する。両表題作の他、「奉教人の死」「邪宗門」など、意欲溢れる大正7年の作品計8編を収録する。

夢から醒《さ》めた夢
冒険配達ノート
赤川次郎
絵／北見隆

ある日、遊園地のお化け屋敷に迷い込んだ少女ピコタンは、女の子の幽霊に頼まれて入れかわる。愛、夢、友情、冒険に満ちた最高のファンタジー。いつまでも優しい気持ちを失わない、大人と子供へ。

埋もれた青春
懐しの名画ミステリー
赤川次郎

妻の身代わりで殺人罪で刑務所に入った男が二十年ぶりに出所してみれば……ゆるやかな恐怖を包み込みながら、ユーモアとサスペンスに満ちあふれた懐しの名画ミステリ五編。

三毛猫ホームズの推理　赤川次郎

時々物思いにふける癖のあるユニークな猫、ホームズ。血、アルコール、女性と三拍子そろってニガテな独身刑事、片山。二人のまわりには事件がいっぱい。三毛猫シリーズの記念すべき第一弾。

角川文庫ベストセラー

赤川次郎ベストセレクション①
セーラー服と機関銃　赤川次郎

父を殺されたばかりの可愛い女子高生星泉は、組員四人のおんぼろやくざ目高組の組長を襲名するはめになった。襲名早々、組の事務所に機関銃が撃ちこまれ、早くも波乱万丈の幕開けが――。

霧笛荘夜話　浅田次郎

とある港町、運河のほとりの古アパート「霧笛荘」。誰もが初めは不幸に追い立てられ、行き場を失ってここにたどり着く。しかし、霧笛荘での暮らしの中で、住人たちはそれぞれに人生の真実に気付き始める――。

キップをなくして　池澤夏樹

駅から出ようとしたイタルは、キップがないことに気が付いた。キップがない！「キップをなくしたら、駅から出られないんだよ」。女の子に連れられて、東京駅の地下で暮らすことになったイタルは。

アトミック・ボックス　池澤夏樹

父の死と同時に現れた公安。父からあるものを託された美汐は、殺人容疑で指名手配される。張り巡らされた国家権力の監視網、命懸けのチェイス。美汐は父が参加した国家プロジェクトの核心に迫るが。

後鳥羽伝説殺人事件　内田康夫

一人旅の女性が古書店で見つけた一冊の本。彼女がその本を手にした時、後鳥羽伝説の地を舞台にした殺人劇の幕は切って落とされた！　浮かび上がった意外な犯人とは。名探偵・浅見光彦の初登場作！

角川文庫ベストセラー

本因坊殺人事件　内田康夫

宮城県鳴子温泉で高村本因坊と若手浦上八段との間で争われた天棋戦。高村はタイトルを失い、翌日、荒雄湖で水死体で発見された。観戦記者・近江と天才棋士・浦上が謎の殺人に挑む。

平家伝説殺人事件　内田康夫

銀座のホステス萌子は、三年間で一億五千万になる仕事という言葉に誘われ、偽装結婚をするが、周囲の男たちが次々と不審死を遂げ……シリーズ一のヒロイン、佐和が登場する代表作。

天河伝説殺人事件 (上)(下)　内田康夫

能の水上流宗家・和憲には、和鷹、秀美という二人の孫がいた。異母兄弟であるこの二人のうちどちらかが宗家を継ぐだろうと言われていた。だが、舞台で「道成寺」を舞っている途中、和鷹が謎の死を遂げて……。

浅見光彦殺人事件　内田康夫

詩織の母は「トランプの本」と言い残して病死。父も「トランプの本を見つけた」というダイイング・メッセージを残して非業の死を遂げた。途方にくれた詩織は浅見を頼るが、そこにも死の影が迫り……！

新装版 魔女の宅急便　角野栄子

ひとり立ちするために初めての町に、やってきた13歳の魔女キキが始めた商売は、宅急便屋さん。相棒の黒猫ジジと喜びや哀しみをともにしながら町の人たちに受け入れられるようになるまでの1年を描く。

角川文庫ベストセラー

女生徒　太宰治

「幸福は一夜おくれて来る。幸福は——」多感な女子生徒の一日を描いた「女生徒」、情死した夫を引き取りに行く妻を描いた「おさん」など、女性の告白体小説の手法で書かれた14篇を収録。

走れメロス　太宰治

妹の婚礼を終えると、メロスはシラクスめざして走りに走った。約束の日没までに暴虐の王の下に戻らねば、身代わりの親友が殺される。メロスよ走れ！　命を賭けた友情の美を描く表題作など10篇を収録。

ヴィヨンの妻　太宰治

死の前日までに13回分で中絶した未完の絶筆である表題作をはじめ、結核療養所で過ごす20歳の青年の手紙に自己を仮託した「パンドラの匣」、「眉山」など著者が最後に光芒を放った五篇を収録。

時をかける少女〈新装版〉　筒井康隆

放課後の実験室、壊れた試験管の液体からただよう甘い香り。このにおいを、わたしは知っている——思春期の少女が体験した不思議な世界と、あまく切ない想いを描く。時をこえて愛され続ける、永遠の物語！

日本以外全部沈没　パニック短篇集　筒井康隆

地球の大変動で日本列島を除くすべての陸地が水没！　日本に殺到した世界の政治家、ハリウッドスターなどが日本人に媚びて生き残ろうとするが。時代を超越した筒井康隆の「危険」が我々を襲う。

角川文庫ベストセラー

陰悩録　リビドー短篇集　筒井康隆

風呂の排水口に○○タマが吸い込まれたら、自慰行為のたびにテレポートしてしまったら、突然家にやってきた弁天さまにセックスを強要されたら。人間の過剰な「性」を描き、爆笑の後にもの哀しさが漂う悲喜劇。

夜を走る　トラブル短篇集　筒井康隆

アル中のタクシー運転手が体験する最悪の夜、三ヵ月以上便通のない男の大便の行き先、デモに参加した女子大生を匿う教授の選択……絶体絶命、不条理な状況に壊れていく人間たちの哀しくも笑える物語。

佇むひと　リリカル短篇集　筒井康隆

社会を批判したせいで土に植えられ樹木化してしまった妻との別れ。誰も関心を持たなくなったオリンピックで黙々と走る男。現代人の心の奥底に沈んでいた郷愁、感傷、抒情を解き放つ心地よい短篇集。

出世の首　ヴァーチャル短篇集　筒井康隆

物語、フィクション、虚構……様々な名で、我々の文明に存在する「何か」。先史時代の洞窟から、王朝、戦国をへて現代のTVスタジオまで、時空を超えて現れるその「魔物」を希求し続ける作者の短篇。

ビアンカ・オーバースタディ　筒井康隆

ウニの生殖の研究をする超絶美少女・ビアンカ北町。彼女の放課後《オーバースタディ》は、ちょっと危険な生物学の実験研究にのめりこむ、生物研究部員。そんな彼女の前に突然、「未来人」が現れて——！

角川文庫ベストセラー

にぎやかな未来　筒井康隆

「超能力」「星は生きている」「最終兵器の漂流」「怪物たちの夜」「007入社す」「コドモのカミサマ」「無人警察」「にぎやかな未来」など、全41篇の名ショートショートを収録。

農協月へ行く　筒井康隆

ご一行様の旅行代金は一人頭六千万円、月を目指して宇宙船ではどんちゃん騒ぎ、着いた月では異星人とコンタクトしてしまい、国際問題に……⁉　シニカルな笑いが炸裂する標題作など短篇七篇を収録。

幻想の未来　筒井康隆

放射能と炭疽熱で破壊された大都会。極限状況で出逢った二人は、子をもうけたが。進化しきった人間の未来、生きていくために必要な要素とは何か。表題作含む、切れ味鋭い短篇全一〇編を収録。

兎の眼　灰谷健次郎

新卒の教師・小谷芙美先生が受け持ったのは、学校で一言も口をきかない一年生の鉄三。心を開かない鉄三に打ちのめされる小谷先生だが、周囲とのふれ合いの中で次第に彼の豊かな可能性を見出していく。

アイデン&ティティ　24歳／27歳　みうらじゅん

バンド・ブームで世に出たが、ロックとはいえない活動を強いられ、ギタリストの中島は酒と女に逃避する空虚な毎日を送っていた。そのうちブームも終焉に……本物のロックと真実の愛を追い求める、男の叫び。

角川文庫ベストセラー

今夜は眠れない　宮部みゆき

中学一年でサッカー部の僕、両親は結婚15年目、ごく普通の平和な我が家に、謎の人物が5億もの財産を母さんに遺贈したことで、生活が一変。家族の絆を取り戻すため、僕は親友の島崎と、真相究明に乗り出す。

人間の証明　森村誠一

ホテルの最上階に向かうエレベーターの中で、ナイフで刺された黒人が死亡した。棟居刑事は被害者がタクシーに忘れた詩集を足がかりに、事件の全貌を追う。日米合同の捜査で浮かび上がる意外な容疑者とは!?

野性の証明　森村誠一

山村で起こった大量殺人事件の三日後、集落唯一の生存者の少女が発見された。少女は両親を目前で殺されたショックで「青い服を着た男の人」以外の記憶を失っていたが、事件はやがて意外な様相を見せ!?

高層の死角　森村誠一

巨大ホテルの社長が、外扉・内扉ともに施錠された二重の密室で殺害された。捜査陣は、美人社長秘書を容疑者と見なすが、彼女には事件の捜査員・平賀刑事と一夜を過ごしていたという完璧なアリバイがあり!?

甲賀忍法帖　山田風太郎ベストコレクション　山田風太郎

400年来の宿敵として対立してきた伊賀と甲賀の忍者たちが、秘術の限りを尽くして繰り広げる地獄絵巻。壮絶な死闘の果てに漂う哀しい慕情とは……風太郎忍法帖の記念碑的作品!

角川文庫ベストセラー

虚像淫楽
山田風太郎ベストコレクション
山田風太郎

性的倒錯の極致がミステリーとして昇華された初期短編の傑作「虚像淫楽」。「眼中の悪魔」とあわせて探偵作家クラブ賞を受賞した表題作を軸に、傑作ミステリ短編を集めた決定版。

警視庁草紙（上）（下）
山田風太郎ベストコレクション
山田風太郎

初代警視総監川路利良を先頭に近代化を進める警視庁と、元江戸南町奉行たちとの知恵と力を駆使した対決。綺羅星のごとき明治の俊傑らが銀座の煉瓦街を駆けめぐる。風太郎明治小説の代表作。

天狗岬殺人事件
山田風太郎ベストコレクション
山田風太郎

あらゆる揺れるものに悪寒を催す「ブランコ恐怖症」である八郎。その強迫観念の裏にはある戦慄の事実が隠されていた……表題作を始め、初文庫化作品17篇を収めた珠玉の風太郎ミステリ傑作選！

幻燈辻馬車（上）（下）
山田風太郎ベストコレクション
山田風太郎

華やかな明治期の東京。元藩士・干潟干兵衛は息子の忘れ形見・雛を横に乗せ、日々辻馬車を走らせる。2人が危機に陥った時、雛が「父（とと）！」と叫ぶと現われるのは……風太郎明治伝奇小説。

ドグラ・マグラ（上）（下）
夢野久作

昭和十年一月、書き下ろし自費出版。狂人の書いた推理小説という異常な状況設定の中に著者の思想、知識を集大成し、〝日本一幻魔怪奇の本格探偵小説〟とうたわれた、歴史的一大奇書。